# ODISSEU

## O HERÓI HUMANO DA ODISSEIA

GILBERTO SCHWARTSMANN

# ODISSEU

## O HERÓI HUMANO DA ODISSEIA

Ilustrações
**Zoravia Bettiol**

Editora Sulina

Capa: Humberto Nunes (Sobre imagem de Zoravia Bettiol)
Editoração: Niura Fernanda
Revisão: Simone Ceré
Editor: Luis Antonio Paim Gomes

Dados Internacionais de Catalogação na Publicação (CIP)
Bibliotecária Responsável: Denise Mari de Andrade Souza – CRB 10/960

S399o Schwartsmann, Gilberto
Odisseu: o herói humano da Odisseia / Gilberto Shwartsmann; ilustrações de Zoravia Bettiol. -- Porto Alegre: Sulina, 2025.
152 p.; 16x23 cm.

ISBN: 978-65-5759-227-4

1. Literatura Brasileira - Poesia. 2. Poesias Brasileiras. I. Betriol, Zoravia. II. Título.

CDU: 821.134.3(81)-1
CDD: B869.1


EDITORA MERIDIONAL LTDA.

Rua Leopoldo Bier, 644, 4º andar – Santana
Cep: 90620-100 – Porto Alegre/RS
Fone: (0xx51) 3110.9801
www.editorasulina.com.br
e-mail: sulina@editorasulina.com.br

Agosto/2025
IMPRESSO NO BRASIL/PRINTED IN BRAZIL

Basta do abraço de Calipso!
Odisseu olha triste o horizonte:
Quer voltar a Ítaca e aos seus.
Tudo muda no Olimpo,
Reunido o conselho por Zeus,
Atena oferece ao herói céu limpo.

No Olimpo, Zeus reúne o conselho dos deuses, atendendo o pedido de Atena para que ajudem Odisseu a deixar a Ilha de Calipso.

# SUMÁRIO

I Prólogo 9

II Os personagens 17

III A obra 25

IV As circunstâncias 57

V A forma 81

VI O homem 101

VII A flor do Lácio 115

VIII Coda 121

# PRÓLOGO

Na Grécia da Antiguidade,
A mitologia explica os seres,
As coisas e a origem do mundo.
A poesia é sua prima,
Acalma o sofrer e com a rima o tédio,
No fundo, é para a alma remédio.

Homero retrata em versos
Representações do universo:
Os monstros são os medos,
As ninfas, os desejos,
As estrelas são a luz,
O mel, talvez um beijo.

Literatura não pode ser
Para o jovem dificuldade,
Tem de ser desafio, vontade!
Caminho para uma vida mais pura,
Pois não há viagem mais bela
Do que navegar na leitura!

Para deixar o leitor motivado,
Decidi imitar Homero:
Narrar as aventuras de Odisseu,
As suas peripécias da *Odisseia*!
Com deuses em versos cantados
Para deleite da plateia!

Qual é a minha esperança?
Que alguém leia esta obra!
E há motivos de sobra...
Se alguém morder a isca,
Talvez leia o original! Afinal,
Quem não arrisca, não petisca...

Não seria uma maravilha
Os jovens lerem os clássicos?
Não há nada como o livro
Para alimentar a imaginação!
E tratando-se de aventura,
Homero é um turbilhão!

Suas histórias fantasiosas
De monstros que comem gente,
De ninfas sedutoras e deliciosas,
A *Odisseia* nos diverte!
Quem sabe, o leitor reflita e perceba
Para onde o poema nos remete.

É o que dizem os sábios
Sobre a força do livro:
Pode quebrar paradigmas...
Levar novos sabores aos lábios,
Novas imagens aos olhos,
Jogar luzes sobre os enigmas.

Navegando pelos mares,
Quem o desafia é o desejo,
Entre carinhos e beijos,
Se a tentação prevalece,
Saciada a sede de Odisseu,
A dor ele próprio padece.

Conto sobre a *Odisseia*,
Com a *Ilíada*, eu reitero:
São os maiores poemas de Homero,
Que para muitos é mais de um!
A obra narra dos mares
A sua mais bela epopeia!

De antemão, peço ao leitor:
Paciência com este autor,
Por tanta repetição
Da mesma história!
(Repetir com consciência
Na *Odisseia*, aguça a memória).

No dicionário, "odisseia"
Os filólogos chamam o poema
Rico em episódios heroicos,
Longas narrativas,
Eventos, lendas e História,
Inusitados momentos.

A *Odisseia* é assim!
Odisseu é o herói
(Ulisses, no latim)
E desperta no leitor finos humores,
Quando ao fim da Guerra de Troia,
Retornam à casa os vencedores.

Usa o "hexâmetro dactílico",
Seis frases, pausas e reinícios,
Que ao cantá-lo de uma vez
Um ritmo próprio encerra,
O mesmo dos remos dos barcos
E das marchas de guerra.

O "dactílico" na Antiguidade
Era como um verso sagrado,
Com epítetos junto aos nomes,
Som e enunciado,
E assim o cantor é ajudado,
A lembrar do que é contado,

Daí, a decisão deste autor,
De usar versos de seis linhas
Para falar da *Odisseia,*
Dedicados ao leitor,
Brincando com o "dactílico",
Como uma prova de amor,

Imitar Homero é o que quero,
Cuja obra colossal
Narra a saga de Odisseu,
Não um deus, um homem normal
Que em Troia luta dez anos
E outros dez em mares diluvianos.

Seus versos são o fruto
Da oralidade e ajudam a memória,
Contando histórias do passado,
Fixadas através do ouvido:
Os “dactílicos” mudam a tônica,
Mas preservam o sentido.

Não é decassílabo,
Tampouco é redondilha,
Nem é próximo do alexandrino:
Como os ossinhos dos dedos,
Uma sílaba longa e duas curtas,
Marca o épico greco-latino.

Para resumir numa frase
O que representa a *Odisseia*,
Eu diria que ela descreve
A travessia de um homem
A lamber suas próprias feridas
Pelas veredas da vida.

P.S.:

Uma edição da *Odisseia* eu adoro:
Notas de Buckley, desenhos de Flaxman,
Tradução de Pope (Estou certo? "I hope!")
A editora é inglesa, indicação de Bloom,
Endereço? Não tenho certeza: faz tempo...
Ano de mil oitocentos e oitenta e um!

Para dar qualidade a esta obra,
Contei com o gênio de Francisco,
Não o Papa, mas o Marshall,
Quase um Papa, de excelência incomum:
Fez-me ler *The Making of Homeric Verses*,
De Parry, editado no último setenta e um.

# OS PERSONAGENS

Pensando no dia do seu retorno à Ìtaca, Odisseu olha para as águas do mar, nas praias da Ilha de Calipso.

## PRINCIPAIS PERSONAGENS, PARENTAGEM E POSIÇÃO

(nomes com o correspondente em romano)

### DEUSES DO OLIMPO

Zeus (Júpiter), filho de Cronos (Saturno), rei dos reis e líder dos céus
Atena (Minerva), filha de Zeus, deusa das competências e da inteligência
Hermes (Mercúrio), filho de Zeus, mensageiro dos deuses
Poseidon (Netuno), filho de Cronos, deus dos mares
Hades (Plutão), filho de Cronos, rei do submundo dos mortos
Perséfone (Proserpina), filha de Demeter, rainha do submundo dos mortos
Apolo, filho de Zeus e Leto, deus arqueiro e da luz
Afrodite (Vênus), filha de Zeus e Dione, deusa do amor
Artemis (Diana), filha de Zeus e Leto, deusa da caça e das florestas
Ares (Marte), filho de Zeus e Hera, deus da guerra
Hefesto (Vulcano), filho de Zeus e Hera, deus dos metais e artesão
Hera (Juno), esposa de Zeus, filha de Cronos e Reia, e mãe de Ares e de Hefesto

## OUTRAS DIVINDADES

Calipso, filha de Atlas, ninfa que domina a ilha de Ogígia
Éolos, deus dos ventos
Hélios (Sol), deus do sol
Circe, filha do Sol, feiticeira, deusa do selvagem
Mnemósine, filha de Urano e de Gaia, deusa da memória

## FAMILIARES, AGREGADOS E O CÃO DE ODISSEU

Odisseu (Ulisses), filho de Laertes, rei de Ítaca
Laertes, filho de Arcesio, pai de Odisseu
Anticleia, mãe de Odisseu
Penélope, filha de Icário, esposa de Odisseu
Telêmaco, filho de Odisseu e Penélope
Mentor, amigo e fiel servo de Odisseu
Eumeu, criador de porcos e fiel servo de Odisseu
Euricleia, velha criada e cuidadora de Odisseu e Telêmaco
Euríloco, esposo da irmã de Odisseu e seu comandante auxiliar
Elpenor, jovem soldado do exército de Odisseu, morto em Troia
Argus, velho cão de Odisseu
Arcesio, pai de Laertes
Autólico, reconhecido ladrão
Tíndaro, pai de Helena
Icário, pai de Penélope
Medon, habitante de Ítaca e poupado do massacre
Fêmius, habitante de Ítaca e poupado do massacre
Filatios, fiel residente de Ítaca

## PRETENDENTES DE PENÉLOPE E PERSEGUIDORES EM ÍTACA

Antino, líder dos pretendentes de Penélope
Eurímaco, pretendente de Penélope
Eutipes, pai de Antino

## LIDERANÇAS GREGAS QUE ENCONTRAM TELÊMACO EM SUA VIAGEMÀS TERRAS GREGAS

Nestor, velho rei de Pilos e combatente em Troia
Pisístrato, filho de Nestor
Menelau, rei de Esparta, esposo de Helena e combatente em Troia
Helena, esposa de Menelau e raptada por Páris
Agamemnon, rei de Micenas e o comandante dos exércitos gregos em Troia
Clitemnestra, esposa de Agamemnon, rainha de Micenas

## PERSONAGENS DA TERRA DOS FEÁCIOS

Nausícaa, jovem princesa, filha dos reis feácios Alcínoo e Aretê
Alcínoo, rei da Feácia
Aretê, rainha da Feácia
Demódoco, aedo cego da corte dos feácios

## MONSTROS E OUTRAS ENTIDADES NÃO HUMANAS

Polifemo, filho de Poseidon, ciclope e gigante
Antífates, rei dos Lestrígones, canibal
As duas sereias, irresistíveis figuras metade mulher, metade peixe

Cila, monstro marinho de seis cabeças e doze tentáculos
Caribde, redemoinho do mar

## ALMAS QUE ENCONTRAM ODISSEU NO SUBMUNDO DOS MORTOS

Tirésias, profeta cego de Tebas
Anticleia, esposa de Laertes e mãe de Odisseu
Agamemnon, rei de Argos e de Micenas, comandante dos gregos em Troia
Aquiles, filho de Peleu, herói da Ilíada, morto em Troia
Pátroclos, companheiro inseparável de Aquiles, morto em Troia
Ájax, famoso guerreiro grego, morto em Troia
Heracles (Hércules), filho de Zeus, trabalhador pela humanidade

## LÍDERES TROIANOS

Príamo, velho rei de Troia
Heitor, príncipe e líder dos troianos na Guerra, morto em Troia
Páris, jovem príncipe de Troia, raptor de Helena, estopim da guerra
Hécuba, esposa de Príamo, rainha de Troia
Andrômaca, esposa de Heitor, mãe de Astianax
Cassandra, filha de Príamo e Hécuba, irmã de Heitor e de Páris
Antenor, velho conselheiro do rei Príamo

## MUSAS
(filhas de *Zeus* e de Mnemósine)

Calíope, musa da poesia épica e da eloquência
Clio, musa da história
Erato, musa da poesia erótica
Euterpe, musa da poesia lírica
Melpômene, musa da harmonia musical e da tragédia
Polímnia, musa da poesia sacra
Tália, musa da comédia
Terpsícore, musa do canto e da dança
Urânia, musa da astronomia

# A OBRA

Na Ilha dos Lotófagos, Odisseu fica preocupado ao ver os seus soldados se embriagarem com o preparado de Flor de Lótus.

Numa ilha, paraíso na Terra,
Cortejado por Calipso e a imortalidade,
Odisseu passa triste seu dia
A olhar para as ondas,
Vertendo lágrimas redondas
Penélope é saudade – maresia.

Dotado de prosa que engalana,
Sem a raiva de Aquiles na Ilíada, de Homero,
Ou a paciência de Eneias, na Eneida de Virgílio,
Ou de Dante, na Comédia, a dor do exílio,
Para salvar a si e aos seus homens,
Odisseu mente: coisas da alma humana!

Nunca vacila com o inesperado
Das tortuosidades do caminho,
Pelo mundo dos vivos e mortos,
O destino o deixará sozinho,
Para ele a vida humana tem importância,
Heroísmo é fruto da circunstância.

Os deuses tomam partido!
Atena, do lado dos gregos,
Afrodite, dos troianos!
Terminada a Guerra de Troia,
Uma luta de dez anos,
Os troianos são vencidos.

Helena, a mais bela mulher do mundo,
Esposa de Menelau, rei Espartano,
Com a ajuda de Afrodite,
É raptada por Páris – príncipe troiano!
E caem os muros de Troia!
O resgate de Helena causa o embate insano.

Os vencedores partem em retirada,
Morre Heitor, príncipe de Troia,
Tantas vidas ceifadas,
Perde-se Aquiles, maior dos heróis gregos,
Cheios de ouro, mulheres e escravos,
Por fim, os reis terão sossego.

Odisseu sonha com o cotidiano,
O amor de Penélope, companheira,
Ao partir, Telêmaco tinha menos de um ano,
O herói quer voltar a Ítaca – querida ilha!
A guerra levara dez anos,
Ele deseja rever o povo e a família.

Contudo, uma tormenta o afasta da frota,
No caminho de volta à Grécia,
Odisseu e seus marinheiros
Os ventos desviam da rota.
Ele aporta na terra dos Cícones,
Que eram dos troianos companheiros.

A Guerra de Troia termina,
Mas não a velha cobiça humana,
Que envenena o pensamento das pessoas.
Navios cheios de ouro! Ideia tirana
De mais escravas, poder e riqueza!
Odisseu ataca Ismara: que tristeza!

Ateiam fogo por onde passam,
Maron, sacerdote de Apolo, poupado,
Dá vinho a Odisseu por sua vida.
De surpresa, os Cícones reagem,
Logo levando vantagem.
Odisseu recua e ordena a partida.

Os ventos levam-nos a Djerba,
Onde vivem os Lotófagos,
Os soldados buscam água e alimento
E são recebidos com flor de lótus,
Que produz um estado letárgico
Causado pelo mágico unguento.

Odisseu vê a fuga da realidade
Que deixa os soldados embriagados,
Transtornados, eles revivem a mocidade.
O herói teme que o chá produza na tripulação
Consequências, vulnerabilidades!
E aponta para Ítaca o seu timão!

Depois de navegar pelos mares,
Aportam na Terra dos ciclopes,
Gigantes de olho na testa,
Na caverna, odores familiares,
Queijos e apetitosas ovelhas!
E inicia-se a festa.

Mas eles não sabem que os animais
Eram de um ciclope de gostos especiais,
Filho de Poseidon, deus dos mares!
Polifemo, gigante cujos paladares
E apetite por carne humana,
Vê neles seus futuros jantares!

Quando Polifemo retorna com as ovelhas,
Com enorme pedra fecha a caverna
(E força que só gigante pode fazê-lo),
Odisseu vê o ciclope e argumenta com zelo
(Ele sabe fazer uso da política externa),
Hospitalidade grega como modelo.

Mas o gigante desconsidera o comentário
E engole dois dos seus soldados!
Ao despertar, mais dois dos coitados...
E leva as ovelhas ao pastoreio,
Polifemo fecha a caverna com a pedra
Pensando em quem comerá no recreio.

Odisseu arquiteta um plano,
Para salvar quem tiver sobrado,
E que apetite tem o desgraçado!
Odisseu ordena que os soldados mais moços
Procurem um carvalho bem grosso,
Queimem a ponta, deixando-o afiado,

A seguir, esconde-o num cantinho,
Ao retornar feliz à caverna,
Polifemo remove a pedra da entrada,
Põe dentro as ovelhas, fechando a parte externa,
Engole dois soldados numa garfada, sorridente,
Odisseu, oferece-lhe vinho de presente.

Polifemo bebe-o e agradece o carinho,
Embriagado (a bebida lhe fez bem)
Ele pergunta qual o seu nome.
Odisseu responde: "Ninguém".
"Ninguém?" "Sim", diz Odisseu.
"Ninguém?" Repete o gigante, já sem fome.

Impressionado com a sua fidalguia,
O gigante agradece o vinho presenteado,
Por sentir-se homenageado,
Diz que comerá dois soldados por dia,
Odisseu ficará como a sua derradeira refeição,
Brindando ao rei de Ítaca a honraria.

Quando o sono atinge o apogeu,
E o gigante ronca pesado,
Os homens fincam a estaca em seu olho,
Como fazem os bons soldados.
Estava feita a primeira parte do plano!
Eles o cegam, como queria Odisseu!

O gigante desperta imediatamente,
Urra de dor! "Socorro!", ele grita aos gigantes,
Que vêm à porta num rompante,
Mas ela estava fechada com o pedregulho.
De fora, perguntam quem o atacara,
Ele responde: "Ninguém!", suplicante.

Os gigantes vão embora,
Já que "ninguém" o havia atacado:
É o que os ciclopes ouviram do lado de fora.
O gigante dolorido desiste da ajuda
E pega no sono, enquanto no "Deus nos acuda"
Odisseu segue o plano de dar o fora.

O herói imagina que ao despertar
Polifemo empurrará a pedra da caverna,
Pois teria de levar suas ovelhas para pastorear.
Odisseu pede aos soldados que se agarrem
Na parte inferior dos pelos dos animais,
Grudados embaixo, o gigante não irá notar.

Na caverna do ciclope Polifemo, Odisseu embriaga o gigante e seus soldados furam o seu olho com uma estaca.

Assim, o astuto herói de Ítaca
Foge em direção ao navio,
Usando a sua reconhecida inteligência.
Mas, de longe, debocha do gigante:
"Meu nome não é 'Ninguém'!"
Sou Odisseu! De Ítaca a sua excelência!

Os ciclopes, em desvario,
Sacodem o mar e atingem a todos,
Jogam pedras no navio,
Polifemo queixa-se a Poseidon,
Que lança tempestades aos rodos
E uma cova no mar se abriu!

Por sorte, os gregos aportam
Na ilha do deus dos ventos.
E o deus lhe dá um saco de presente,
Onde guarda tempestades e raios.
É a solução que Odisseu precisa
Para garantir na viagem boa brisa.

Do mar, ele vê de Ítaca a silhueta,
As chaminés do palácio e dorme tranquilo.
O retorno para casa é uma certeza!
Contudo, entre os seus ressurge a avareza
E desconfiam que dentro do mágico silo
Esconde-se todo o ouro do planeta!

Eles abrem o saco enquanto o herói dorme,
Como é terrível a cobiça!
E dele saem ventos, relâmpagos pungentes!
Os soldados são lançados em mar aberto
E o navio se afasta de Ítaca novamente.
É o preço das tentações, por certo!

O navio chega em lugar desconhecido,
Prudência é o pedido,
Para evitar o inimigo,
Os lestrigões adoram carne humana!
Odisseu fica para trás
E pede provisões à caravana.

Logo os soldados são devorados
E os lestrigões lançam pedras enormes,
Engolem os soldados sem piedade.
Mas o barco de Odisseu é poupado,
A tragédia não deixa saudade,
Odisseu fica desconsolado.

O navio aporta em outras terras,
Odisseu estuda com muita calma
As ameaças que os aguardam.
Um grupo segue a passos finos
E chegam no palácio de Circe,
A bruxa transforma gente em suínos!

Circe convida-os a entrar
Para desfrutar da sua hospitalidade,
Euríloco, homem de Odisseu,
Desconfia da sua amabilidade,
Fica para trás entre as folhagens,
Teme a terrível personagem.

Os soldados saboreiam
A refeição preparada
Pela "gentil" feiticeira Circe.
Contudo, vem logo a transformação:
Com sua varinha mágica,
Ela transforma em porcos a tripulação!

Ao observar a cena de horror,
O preposto volta ao navio,
Narra ao comandante o que aconteceu:
Conta que antes dos pratos ficarem vazios,
Aparecem focinhos de porcos
Nos pobrezinhos dos soldados de Odisseu!

Furioso, o herói quer enfrentar Circe,
Puxa a espada que usara em Troia
E segue ao seu encalço, indignado.
No trajeto, é por Hermes aconselhado,
O mensageiro de Zeus lhe dá uma flor
De nome Móli, para que fique imunizado.

Ao ver que Odisseu é imune ao feitiço,
Circe anula o efeito, dá-lhe sumiço,
Devolve aos soldados o antigo jeito,
Torna-se doce com o rei de Ítaca,
Oferece-lhe os prazeres no leito!
Por um ano são amantes perfeitos!

Mas Odisseu tem saudades de casa,
De Penélope e do seu Telêmaco querido,
E roga a Circe que o ajude a voltar a Ítaca.
A bruxa atende o seu pedido,
Mas sugere que ele converse com Tirésias,
Vidente de Hades, no mundo dos falecidos.

Odisseu sacrifica uma ovelha e um carneiro
Para chegar ao subterrâneo dos falecidos
Em homenagem a Perséfone e Hades.
Tão logo jorra sangue do golpe certeiro,
Da poça saem almas: não lembro o primeiro.
É quando Tirésias solta um gemido!

O espírito do profeta apresenta-se a ele,
Depois, almas de heróis em Troia,
Aquiles! Ájax! O jovem soldado Elpenor
Pede-lhe um favor:
Um funeral de grande soldado!
Odisseu atende ao pedido, emocionado.

Do sangue misturado à terra
Surge Agamemnon, líder dos gregos,
Condutor dos helênicos na guerra,
Revela que ao voltar a Micenas após Troia,
Foi vítima da traição humilhante:
Morto pela esposa Clitemnestra e seu amante.

O vidente Tirésias aconselha o herói
A navegar na direção da Trinácria
(Significa "três montes": hoje Sicília?),
Estratégia para reencontrar a família!
Eles chegam à terra de Hélios – o deus do Sol,
Que cuida do seu rebanho na ilha.

O cego adverte Odisseu: nem ele,
Tampouco seus homens,
Devem alimentar-se dos seus animais,
O deus do Sol os matará sem piedade!
Os bois pertencem a Hélios,
Melhor aceitar a verdade.

Odisseu vê a imagem da mãe,
Anticleia, numa mancha de sangue,
Emergindo entre as almas,
Seu corpo sente um calafrio,
Ele imagina a mãe com saúde,
Jamais naquele ambiente sombrio.

Movidos pela cobiça, os soldados de Odisseu abrem o saco que prendia os ventos, relâmpagos e trovões, pensando que nele havia ouro.

O profeta alerta sobre os desafios
Que teria até chegar em sua casa.
Depois dos mortos de Hades,
Odisseu revê Circe e roga por rumo sadio
Por onde navegar sem perigo,
Para que o navio faça um desvio.

Circe o previne quanto ao canto das sereias,
As belas criaturas que atraem às suas teias,
Com seu belo canto, a todos que vai matar.
Ele segue o conselho de, ao por elas passar,
Amarrar-se ao mastro do navio,
Para o nó não desatar!

E os soldados tapem com cera os ouvidos
Até que o navio esteja bem longe,
Não ceder aos encantos do mar!
Protegidos do canto das sereias,
O seu irresistível som não será sentido
E com segurança poderão navegar.

Odisseu lembra que Circe o preveniu
Sobre obstáculos que enfrentaria,
Monstros no estreito de Messina!
Dois demônios de índole assassina:
Cila, seis cabeças e doze tentáculos;
Caribde, suga os corpos na rapina.

Ao passarem com seu navio,
Os monstros devoram a tripulação!
Odisseu faz tudo para impedir a matança,
Que tristeza o herói sente no coração!
Tenta evitar que os soldados
Terminem cruelmente devorados.

Chega à terra com a tripulação,
Mal sabia de Hélios, deus do Sol.
Odisseu lembra aos seus homens
A advertência feita pelo cego Tirésias:
"Quem sacrificar os seus animais,
O seu castigo não esquecerá jamais!"

O herói propõe seguir viagem,
Mas seus homens se negam,
Faltam-lhes provisões.
Odisseu cede às argumentações,
Isola-se para em paz meditar,
Pedir aos deuses proteções.

Com a alimentação escassa,
Alguns cedem à tentação,
Sacrificam os bois do rebanho de Hélios,
Comem por seis dias e noites,
Odisseu nota o aroma estranho
E ordena que voltem à embarcação.

Ao saber do fato, o deus lhes envia trovões!
Lança o navio ao redemoinho,
Caribde liquida - um a um - os seus soldados,
Odisseu sobrevive por dias na tocaia,
A um pedaço do navio agarrado
E chega, por fim, a uma praia.

É a terra de Ogígia,
Onde habita Calipso,
Ninfa de rara e irresistível beleza,
Odisseu vive com ela por sete anos,
Desfruta do prazer humano,
Fazendo também uso da esperteza.

Contudo, a saudade fica mais forte
E seu olhar cada dia mais triste,
O desejo de Odisseu persiste!
Ele quer reencontrar o seu Norte,
A saudade da família aumenta a cada dia.

Sua melancolia é tanta, que chega aos deuses,
Que, à exceção de Poseidon, deus dos mares,
Do seu sofrimento se compadecem.
Atena pede a Zeus os seus generosos ares
E permita que Odisseu retorne à sua morada!
Já que, na Etiópia, Poseidon, vive outra jornada!

Zeus envia o deus Hermes à ilha,
Onde Odisseu compartilha
O leito de Calipso há sete anos.
Diz à ninfa que liberte o herói
E o ajude a seguir sua trilha:
Odisseu tem de rever Ítaca e a família!

Mesmo contrariada com a perda do amante,
Calipso ajuda a reparar a embarcação
E a prover as provisões para a viagem,
Resta entre eles a camaradagem.
Odisseu agradece a ninfa
Por anos – imagino – de sexo selvagem.

Depois de noites navegar,
O barco é vitimado por forte tormenta,
De volta da Etiópia e indignado,
Poseidon, deus dos mares,
Planeja a sua vingança peçonhenta:
Lançar raios e relâmpagos aos milhares!

Enfrentando a forte turbulência,
Graças à ajuda da ninfa Calipso,
Que dele se compadece,
Nu, entre os rochedos afiados,
Odisseu chega à ilha dos Feácios
O nosso herói quase desmaiado.

Os soldados de Odisseu não foram poupados e são
devorados por Antífates, o terrível rei dos Lestrígones.

Desfalecido entre os arbustos,
Ele ouve risos de moças,
Desperta e vê a linda princesa
Caminhando pelas areias da praia!
Odisseu cobre as suas partes íntimas
Com folhas de samambaia.

Nausícaa, filha dos reis Alcínoo e Aretê,
A princesa brinca com as criadas,
Quando Odisseu desperta e pede abrigo,
Ela nota que o desconhecido
Possui boa aparência e é educado:
Seria ele um nobre abandonado?

A princesa sonha ser ele um bom pretendente,
Diz chamar-se Nausícaa, uma princesa,
Ele deve ir ao palácio conhecer os seus pais,
Nos portões, ela pede que Odisseu espere,
Pois se entrarem juntos, haverá comentários.
Ele será hóspede da realeza – com certeza.

Ele deve apresentar-se sozinho
E ajoelhar-se, humildemente,
Do contrário os seus pais ficarão descontentes.
Mas os reis logo percebem a forma educada
E a fidalguia que Odisseu utilizava:
Era um nobre o desconhecido que chegava.

Na certa, os reis lhe darão ajuda!
Providenciarão um navio e tripulação,
Para que ele siga o seu destino.
Mas antes o rei convida a nobreza
Para homenageá-lo: e que figurino!
Oferecem-lhe um banquete de rara beleza.

O aedo Demódoco recita os seus versos,
Encantando a todos no lindo palacete!
Ele evoca os feitos em Troia,
Mencionando os heróis da grande vitória.
Odisseu, nas palavras do aedo,
Era de uma inteligência nunca vista na História.

O herói se emociona e chora
Ao ouvir o seu nome entre os vencedores,
Demódoco lembra que foi de Odisseu a ideia
Do cavalo que permitiu penetrar
Nas impenetráveis muralhas de Troia:
A sua artimanha era de fato uma joia!

Emocionado, Odisseu revela sua identidade:
O herói das lutas contra os troianos,
Que povoa o imaginário das pessoas,
Narra então aos reis as "poucas e boas" que vivera,
Não apenas as batalhas ou Troia em brasa,
Confessa que o seu desejo é apenas voltar para casa.

Com navio e presentes Odisseu parte,
Ao chegar a Ítaca, os tripulantes feácios
Designados a guiá-lo desde o palácio,
Deixam que durma e recupere a energia,
A viagem foi longa e eles partem.
Resta ao herói a ilha que ele deixara um dia.

Surge a deusa Atena protetora
E diz que não revele sua identidade,
Que se disfarce de um velho mendigo
Até não haver mais perigo,
Odisseu vai à casa de Eumeu,
Criador de porcos, fiel súdito e amigo.

Odisseu mente ser um "refugiado"
Vindo de Creta e que precisa ser escondido,
Ele é bem recebido e ouve a triste notícia,
Ítaca mudou: há pretendentes ao trono!
Vivem no palácio, consomem vinho e trigo,
E Penélope deve escolher um deles como marido!

Eumeu diz que Odisseu foi lutar em Troia,
Perdeu-se nos mares ou na guerra ficou ferido,
O herói ouve tudo e qual a surpresa:
Vindo de Esparta, chega Telêmaco, seu filho querido!
Emocionado, observa o carinho de Eumeu
Com seu menino: que amigo Zeus lhe deu!

Telêmaco segue a conversação,
Pede a Eumeu que vá ao palácio ver a mãe,
Avisando seu retorno, pondo-a a par da situação.
Atena pede que Odisseu fale a verdade,
Remova o disfarce e revele sua identidade,
E que momento de emoção!

Pai e filho sozinhos,
Começam a aproximação,
Telêmaco reluta por um momento,
Diz que sua figura parece a de um deus,
Depois aceita o argumento:
Odisseu é seu pai e ele o seu rebento!

Telêmaco explica o que se passa na corte,
Os dois planejam derrotar os pretendentes,
O filho parte ao palácio com o plano de morte,
Relata a Penélope os detalhes da viagem,
Quanto a seu pai, ele omite o seu retorno:
Pai e filho cozinham a vingança no forno.

Odisseu se disfarça outra vez de mendigo,
Eumeu o conduz ao palácio
E sugere que peça ajuda aos seus moradores,
Um cão o fareja: é ele, Odisseu, seu amigo,
Vinte anos depois! Há que ter coração...
Seu cão Argus o reconhece e cai morto de emoção.

Na Ilha da feiticeira Circe, os homens de Odisseu têm os seus corpos transformados em porcos.

Eumeu retorna ao campo,
Enquanto Odisseu segue disfarçado
Um mendigo se aproxima,
Odisseu é insultado,
Todos querem a luta entre os mendigos,
Odisseu é ágil e o outro é derrotado.

Antino, líder dos pretendentes,
Trata-o com desdém,
Pai e filho colocam em prática a vingança,
Removem as armas das paredes.
Os pretendentes pagarão com suas vidas:
Com as portas trancadas, inicia-se a matança!

Paredes sem armas, vazias,
O salão é o cenário da macabra dança,
Penélope no andar inferior
Comenta o falso mendigo a sua esperança,
De ter de volta o seu amado marido,
E se ele ainda vive? Está apenas ferido?

Se ela pudesse reencontrá-lo!
Penélope é sinônimo de perseverança,
Ela conta ao falso mendigo (Odisseu)
Que inventou a história do tal sudário
Para o sogro Laertes e o guarda no armário,
Que o tecia durante o dia e à noite o desfazia!

Assim, ganhava mais tempo
E evitava o casamento com algum salafrário,
Disfarçado, Odisseu diz a Penélope
Que soube do heroísmo do seu marido,
Ouviu dos feácios e o viu em Creta,
Reencontrá-lo deveria ser a sua meta!

Ele diz a ela que Odisseu retornaria!
A rainha se comove com suas palavras
E ordena que a criada lave os seus pés.
Euricleia, velha serva, não esconde o seu viés,
Conhecia-o das orelhas até o nariz,
Ao ver os seus pés desnudos, ela enxerga a cicatriz!

A velha serva disfarça e nada diz!
"É Odisseu", pensa Euricleia!
Ele pede a ela segredo para executar o seu plano
De reconquistar o palácio,
Para livrar Penélope do medo
E dos aproveitadores insanos.

Eles pleiteiam que um deles se case com ela,
Com a conivência de toda a gente!
Odisseu – cansado – adormece,
Penélope anuncia aos pretendentes:
Para auxiliá-la na escolha do novo marido
Terá primazia quem tiver maior habilidade.

Quem no arco e flecha mostrar qualidade!
A prova consiste em curvar o arco de Odisseu
E lançar uma flecha entre os anéis
Formados pela sequência de machados.
Nenhum deles, contudo, consegue flexionar o tal arco,
Os pretendentes falham e são todos eliminados!

Odisseu revela a sua identidade
A Eumeu e Filatios: ele não é um mendigo!
Pede licença e com habilidade
Maneja o arco e a flecha sem fraquejar.
Na frente de todos os presentes,
Pede à rainha uma chance de tentar.

Ele curva, então, o arco com facilidade
E lança a flecha perfeitamente!
Ela passa entre os anéis dos machados,
Que sequer pela flecha são tocados.
Zeus lança trovões ao final
E Odisseu faz a Telêmaco um sinal.

Vingança aos usurpadores do trono!
As mortes irão começar.
Odisseu lança uma flecha
Que atravessa a caneca de bebida
E se aloja no pescoço de Antino:
Ele cai no chão já sem vida.

Odisseu revela quem ele é!
Atena surge e o encoraja a lutar,
Telêmaco passa as armas às mãos do pai,
Com Eumeu e Filatios, eles iniciam a chacina.
Os inimigos, encurralados, ficam sem voz
E morrem todos nas mãos de Odisseu, o seu algoz!

Escutam-se gritos, traidores que caem!
Odisseu poupa os inocentes,
Medon e Fêmius, gente decente.
Ele sente a alegria dos antigos servos,
Os traidores são assassinados,
Os demais limpam o sangue derramado.

Outros traidores são executados,
Feita a vingança, a velha serva Euricleia
Vai a Penélope e a desperta,
A rainha nem sonha que o mendigo é o seu marido.
Ela é informada da morte dos pretendentes,
Mas tem dúvida de que a informação seja certa,

Ítaca libertada por seu esposo querido!
Penélope imagina ser tudo obra dos deuses.
Quando ela desce ao salão de banquetes e o encontra,
Agora na sua forma verdadeira – graças à Atena,
O esposo que dizem ser seu, ela pede que durma
Noutro aposento esse que parece Odisseu!

Odisseu vai ao submundo dos mortos de Hades
conversar com as almas da sua gente e com o vidente Tirésias.

Mas o herói sorri e diz ser impossível,
Seu desejo tem de ser cumprido,
Por anos haviam dormido juntos na cama,
Feita por ele e de carvalho,
Penélope convence-se: o mendigo
Era Odisseu, mas um pouco mais grisalho!

É Odisseu, que ela ama!
Lembram seu belo passado,
Recolhem-se aos aposentos reais,
Que felicidade! Falam da sua epopeia nos mares,
Não das partes difíceis de revelar,
Como dos seus deslizes conjugais,

De Calipso, Circe e outras ninfas,
Que na memória de Odisseu ficaram.
No dia seguinte, o casal e os criados,
Deixemos claro: todos armados,
Vão à casa de Laertes, seu pai,
Para reencontrá-lo vinte anos passados!

Enquanto isto, os finados são conduzidos
Por Hermes ao submundo dos mortos de Hades,
Lugar em que pagarão seus pecados.
Rever o pai para Odisseu é emocionante,
O velho, no campo, cuida dos jardins,
Nem sonha quem está entre os jasmins!

O velho reconhece Odisseu e que felicidade!
O filho que ele pensava estar morto,
Que presente ele recebe das divindades!
Mas chegam então Eupites, pai de Altino,
Liderando um grupo de revoltosos,
Que se opunham à Odisseu e aos vitoriosos!

Laertes mata o líder dos insurgentes,
O reinício dos combates é iminente.
Contudo, Atena incorpora o seu fiel amigo Mentor
E anuncia que o sangue derramado já é suficiente:
Odisseu é o rei de Ítaca! É o desejo do Olimpo!
O conflito deve ser para sempre encerrado.

Assim, a paz retorna ao reinado,
E é como termina a *Odisseia,*
A grande epopeia do herói Odisseu,
Que tantos desafios na vida venceu.
Ele tinha defeitos, qualidades, mas sobretudo
A humanidade que Deus lhe deu.

# AS CIRCUNSTÂNCIAS

Ao contrário da linearidade da *Ilíada*,
A *Odisseia* é contemporânea,
Cheia de idas e vindas!
Lembra os *flashbacks* do cinema!
Depois de compreender o poema,
A leitura se torna ainda mais linda.

Sopra o vento o nome "Homero",
O maior poeta da Antiguidade!
Houve depois Hesíodo,
Que descreve de onde vem a humanidade,
Ambos amam as nove musas
E tratam a poesia com enorme afetividade!

Pela tradição daqueles dias,
No início da *Odisseia*,
Homero narra os feitos da travessia,
Odisseu, rei de Ítaca, nos mares,
Rogando que paire sobre seus versos
O véu protetor das musas da poesia.

Ítaca é a ilha onde faz seu reinado
Com Penélope e Telêmaco, filho amado.
Não conheço poesia como a *Odisseia*,
A grande epopeia da nossa cultura!
A maior aventura, estranhos lugares,
O pano de fundo: os oceanos e os mares.

Antes de mergulhar na epopeia,
Parece a este autor conveniente
Mencionar ao leitor
As aventuras precedentes,
Que possam nela ter influência,
Sem dela serem jamais concorrentes.

Três mil e poucos anos antes do Cristo,
Por caminhos distintos que interagem,
No Egito e na Mesopotâmia,
A escrita aparece como linguagem
E se agrega à oralidade,
Na memória cultural pede passagem.

De formas bem destacadas,
A primeira é uma placa riscada:
A "estela de Narmer"!
Num xisto verde bonito,
Fala da união de duas regiões do Nilo
Pelo primeiro faraó do Egito!

De início, é uma forma de escrita
Usada por religiosos,
Mais restrita às elites,
Migrando da imagem à fonética,
Chega depois ao hieróglifo,
De tão apurada estética.

Ainda que elitizados, os hieroglifos
Cumprem papel de registro
De mensagens religiosas em templos
E tumbas – e não efemeridades!
Migrando depois à literatura,
Com os "Escritos Para a Eternidade",

O grande Emanuel Araújo
Edita pela Universidade de Brasília
Uma tradução direta destes escritos,
Revela o refinamento daquela cultura,
Seus hábitos, narrativas e valores,
Os deuses e até amores!

Se a escrita hieroglífica é pictórica,
Depois virá a hierática,
Uma simplificação da primeira,
Dos sacerdotes e da vida burocrática.
Haverá uma terceira
Bem depois e popular: a demótica.

Na Mesopotâmia, surge a escrita
Que chamamos cuneiforme,
Primeiramente entre os sumérios,
Também passa rapidamente
Do pictórico ao fonético,
Com grande aceitação noutros impérios!

Para não ceder ao belo, mas fatal, canto das sereias, Odisseu pede que os soldados o amarrem junto ao mastro do navio e que eles ponham cera nos ouvidos.

Utilizada no mundo antigo
Mais do que os hieroglifos,
Eleita pelos persas, babilônios e hititas,
Acadianos, assírios e semitas,
Produz literatura além do oceano,
Que também se aplica ao cotidiano.

Eles guardam seus escritos
Na argila e na pedra,
Dentro da sua própria moradia,
Textos, rezas, contratos – até culinária!
São embriões da "biblioteca"
Que no futuro surgiria!

Imagine o leitor uma sala
Na sua própria residência,
Com blocos de argila ou de pedra,
Contendo escritos de atos, contratos,
Registros de versos e boa comida,
Uma biblioteca com "A carta de Fedra"!

E pensar que dos acervos caseiros,
Contendo os primeiros escritos,
Surgiriam depois as bibliotecas...
Haveria destino mais bonito
Ou sopro de vento mais alvissareiro?
Para Borges, biblioteca é o infinito.

Contudo, estas formas de escrita,
Por sua técnica e complexidade,
Exigem certa elitização,
E os escribas e sacerdotes,
Que detêm o monopólio
Do "saber-poder" não deixam espólio.

Daí, a consequência para o povo
Da gente comum ficar na oralidade,
Sem sequer ter da escrita ciência,
O mais importante para a cultura
É que a escrita registra a História
Mas o que é oral se fixa mais na memória.

É fundamental que se diga
Que surgiria depois em Creta
Uma civilização logo adiante,
A qual teria poder e influência,
Um povo pujante,
Gente de grande inteligência,

No século dezoito antes do Cristo,
Na Babilônia, usando o cuneiforme,
Descobre-se um código em pedra negra
Talhada, cilíndrica, de diorito,
Do tempo do sexto rei da Suméria,
Com o nome de Hamurabi escrito.

Trata-se de um conjunto de leis
Que regra a vida do cidadão,
Baseado nos princípios do Talião,
Oferece a devida punição
Para quem faz alguma maldade,
Orientando a vida em sociedade.

Em Creta, somam-se avanços
Em várias áreas da cultura,
Contatos com civilizações vizinhas
E com outras até bem distantes,
Na Ásia, África e até no Levante,
Levando a escrita adiante,

Lá, surgem três tipos de escrita,
Incisões na argila de nova grafia,
Inspirada nos hieroglifos do Egito,
Os famosos lineares A e B,
O B, mais célebre decifração
Que o mundo conheceria!

No ano de mil novecentos e oito,
Encontra-se um disco de cerâmica
Feito com massa de argila fina,
No sul de Creta, em Phaistos,
Cuja origem é entre o dezenove
E o século quinze antes do Cristo,

O famoso "disco de Phaistos",
Dezesseis centímetros de diâmetro,
Dezesseis milímetros de espessura,
Contém duzentos e trinta e um símbolos
De animais e humanas figuras,
Plantas e situações cotidianas,

O significado pouco sabemos,
Além de ter sido encontrado
No belo Palácio de Phaistos,
Pois a escrita cretense se perde
Com a invasão dos dórios,
Por volta de doze ou onze antes de Cristo,

O leitor deve atentar a um fato:
Circunstâncias inesperadas,
Secas terríveis – de faltar comida no prato,
Povos invasores vindos do Norte,
Há o caos, uma civilização devastada!
Creta é arrasada: deixada à própria sorte,

Com a catástrofe instalada
E muitas regiões invadidas,
Perde-se toda a riqueza
E o que sobra da estrutura social,
São as "trevas" daquele período
Em que a escrita é também inibida,

Os soldados de Odisseu desobedecem as suas ordens e sacrificam os bois sagrados do deus Hélios, para matar a sua fome.

A guerra de Troia, no doze ou treze antes do Cristo,
É talvez consequência deste evento,
A geopolítica mira nos proventos,
E três séculos depois certo Homero,
Que não faz uso da escrita,
Põe em versos os fatos soprados ao vento!

O leitor deve considerar
Que a escrita chega atrasada
No mundo grego de então,
É a razão de a obra de Homero
Ser fruto do que o poeta recolhe
Das vozes na multidão.

Ao final do século sexto
Antes do Cristo,
Renova-se o interesse pelo texto,
Tempo de desenvolvimento,
Em Atenas quem domina é Pisístrato,
Que inicia um importante movimento.

São escribas e rapsodos atentos,
Que passam à escrita os cantos
Que os poetas espalharam antes ao vento,
Começando a maravilhosa aventura
Que séculos depois fará de Homero
O fundador da nossa literatura.

A partir deste momento,
As obras são publicadas,
Mesmo com erros de escrita,
Que corrompem um pouco o texto,
Com a inclusão de palavras erradas
Ou de expressões fora de contexto.

Entre o terceiro e o primeiro
Séculos antes do Cristo,
Na Biblioteca de Alexandria,
Versões escritas da *Ilíada* e da *Odisseia*,
Produzidas com esmero – pura alquimia!
Espalham-se por bibliotecas e livrarias.

Assim, uma guerra em Troia,
Que Homero registra na forma oral
No nove ou oito antes do Cristo,
Três séculos depois, ganha formato escrito.
E a *Odisseia* torna-se famosa – magistral!
O livro de aventuras dos mares mais bonito!

Para dar ao leitor uma prova
De que a poesia oral existia
Nos lugares mais diversos,
Há uma história no hinduísmo,
De nome "Mahabharata",
Com mais de duzentos mil versos!

Odisseu e seus soldados são atacados nos mares pela terrível Cila.

Reunidos no século quarto
Do período antes de Cristo,
Esses cânticos tão bonitos,
Reuniam temas e ritos,
E seis séculos depois
Foram transformados em escritos.

Maior épico religioso indiano,
Mais longo poema de todos os tempos,
Sua autoria é creditada ao sábio Vyasa.
Fala da guerra de Karauvas e Pandavas,
Duas famílias que lutam até a morte
Por um reino situado na Índia do Norte.

Das epopeias que se tem visto,
Há a de Gilgamesch, da dinastia de Uruk,
Quase três mil anos antes do Cristo.
Ilustre antecessor dos reis sumérios,
No dezenove, no Médio Oriente,
Descobre-se na argila os seus mistérios.

Na saga da busca da imortalidade,
Narra os feitos do rei e sua epopeia
(Mas não se compara à *Odisseia*),
Do amigo Enquidu e do herói-deus.
São escritos bem depois,
Inspirados no dilúvio dos hebreus.

Em mil e duzentos depois do Cristo,
Vem a Canção dos Nibelungos,
De heróis germânicos
E nórdicos um registro,
Mesmo que agrade a assembleia,
Não tem o impacto a *Odisseia*.

No terceiro século antes do Cristo,
Na Biblioteca de Alexandria,
Zenódoto e depois Aristarco
Fazem notas de grande serventia.
A obra fascina, gera "onomatopeia",
Refiro-me a Homero e sua *Odisseia*.

Em Roma, no latim vem a tradução
Do poeta romano Lívio Andrônico.
Desde então, fonte de inspiração
Para obras e novas ideias.
Há tantos registros da *Odisseia*
Que tocam fundo o coração.

No nosso dezenove, a escola alemã!
Parry – no vinte – escreve com afã,
Também West no vinte e um!
E há helenistas de obra seminal:
Dawe, no Reino Unido,
Rocha Pereira, em Portugal.

Estudioso de talento imenso,
O reconhecido Frederico Lourenço
Traduz a *Odisseia* para o português,
Utiliza a Homeri Odyssea – seus versos valem!
Em mil novecentos e noventa e três,
Bem antes na Homeri Opera, de Allen.

A lusitana é difícil de se manter fiel,
Vinda do grego ao português.
A obra tem mais versos que a grega,
Sem prejuízo ao conteúdo e à fluidez.
Se a Bíblia ao monoteísta é o guia principal,
A *Odisseia* nutre o imaginário ocidental,

Lívio Andrônico a traduz
No terceiro século antes do Cristo,
Antes mesmo da *Ilíada*
Ser levada ao latim!
É a *Odisseia* que inspira Virgílio,
É da Eneida o trampolim,

Tantos clássicos nela se inspiram:
De Ovídio, *As Metamorfoses,*
E a *Comédia*, de Dante!
De Camões, *Os Lusíadas!*
Há sempre algo da *Odisseia*
Em qualquer epopeia importante.

No Renascimento a tradução latina
Do calabrês Leôncio Pilatos,
Pela análise dos fatos,
Agrada a literatura mais fina,
Alighieri, Petrarca e Boccaccio,
Para o português servirá de oficina.

A *Odisseia* não rivaliza
Com poemas de anos atrás: é maior!
Camões tenta superá-la,
Mas o poeta lusitano não o faz.
"Cessem do sábio Grego e do Troiano"
(Sua epopeia fica um pouco para trás).

Se a *Ilíada* é literariamente superior,
É a *Odisseia* que Camões quer suplantar!
Foram tantos que a tentaram alcançar!
Ovídio, Dante, Virgílio e Camões,
Em versos do fundo dos corações,
Mas – como a *Odisseia* – não nos fazem viajar.

A autoria da *Ilíada* e da *Odisseia,*
Por um poeta de nome Homero,
No nono e o oitavo antes do Cristo,
Tem na Grécia arcaica o seu marco,
Vinda de Pisístrato, filho de Hiparco,
(O que eu não acredito – sendo sincero).

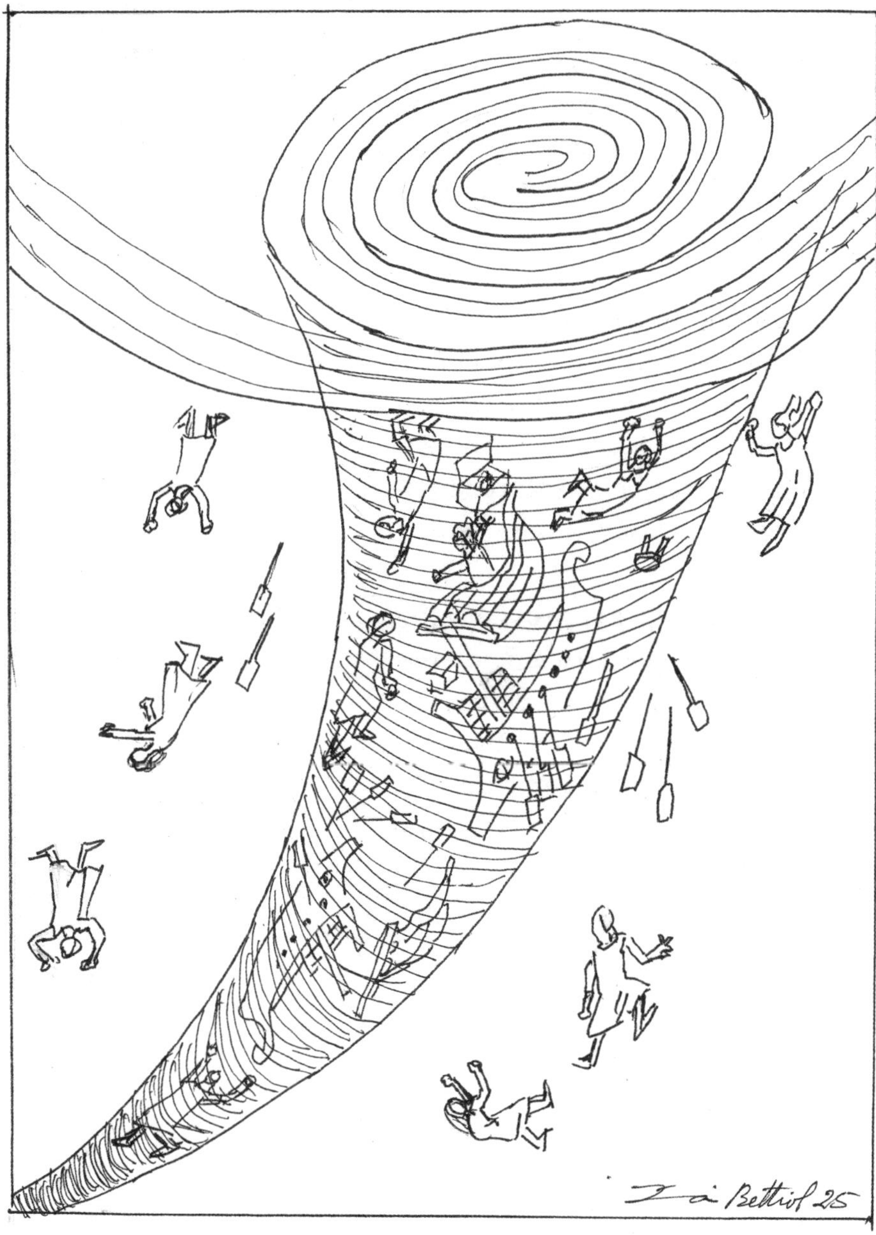

Odisseu e seus soldados sofrem com os redemoinhos fatais de Caribde.

A *Ilíada* e a *Odisseia* são recitadas
Nas celebrações das Panateneias,
A grande festa pública de Atenas!
Atraem gente como colmeias! E a razão:
A informação aparece no Hiparco,
O diálogo sobre a cobiça – de Platão.

No século segundo depois do Cristo,
Pausânias registra escritos de Pisístrato,
Ele cria a iniciativa que a todos atrai:
Reunir poemas de Homero dispersos,
Transmitidos pelos aedos e rapsodos,
E por ele organizados em versos.

Preservados por papiros helênicos,
Manuscritos e textos bizantinos
Servem às "edições modernas",
A edição ateniense dos famosos poemas
De Homero, dialetos e temas,
Aparece, imagino, após minucioso refino.

Bethe observa há um século:
"Para a *Ilíada*, há um só manuscrito
(Que Pisístrato teria escrito!),
E vale igualmente para a *Odisseia*!"
E se Homero não fosse um, mas mais de um?
É de Proclo – alexandrino – essa ideia!

Foi na sua "Crestomatia"
E de Xénon e Helânico,
E depois no século primeiro cristão,
Que estudiosos concluem em assembleia
Ser Homero criador da *Ilíada* na juventude
E quem sabe, na velhice, a *Odisseia*!

Se a *Ilíada* canta "A Cólera de Aquiles"
E a *Odisseia* "O Regresso de Odisseu",
A autoria não tem ainda resposta.
Os poemas divergem na narrativa,
No ritmo e na qualidade poética,
Inferiores na *Odisseia* é o que mostra.

As obras de Homero pertencem
A um tempo de oralidade,
Eram cantadas! Zero de escritos!
Num tempo em que os gregos
Sofreram crises de todos os tipos,
Mas fizeram versos tão bonitos!

Seriam de Homero a *Ilíada* e a *Odisseia*?
*Ilíada*, quinze mil versos! E doze mil, *Odisseia*!
Seria de um indivíduo? Ou de muitos então?
Seja ele o autor ou não,
Houve quem deixasse versos dispersos,
Sendo Homero ou uma imitação.

No banquete oferecido pelos reis Feácios, um aedo passa a descrever os feitos dos heróis da Guerra de Troia. Odisseu se emociona e revela então a sua identidade.

A poesia faz jus à glória,
Rica em estilos
E em dialetos anteriores,
Rapsodos e aedos lembram
A virtuosa estrutura
E seus efeitos poéticos superiores.

O longo poema ecoa
As versões anteriores da História,
Do regresso de Odisseu a Ítaca,
No singular e terceira pessoa
(Usando rimas por vezes contraditórias,
Mas nunca cantadas à toa).

Alguns entendidos no assunto
Publicam certos comentários
Sobre um valor secundário da poesia,
E usam como argumento
Que Platão, num olhar profundo,
Na República, tira-lhe a primazia.

Há que se ter cuidado, contudo,
Com esta afirmação.
Homero prima pela narrativa,
Imagino que Platão não tenha
Em relação à poesia uma objeção:
É por seu uso moral na educação.

O leitor encontrará mais luzo
Sobre essa questão
No "Prefácio a Platão",
De Eric Havelock,
Publicado em noventa e seis
(É da Papirus Editora a edição).

A *Odisseia* penetra na cultura,
Ciclope Polifemo! Canto das Sereias!
Magia de Circe! Teia de Calipso!
Mescla de aventuras ardentes,
Monstros dos mares: Cila e Caribde!
Penélope enganando pretendentes!

Odisseu quer voltar para casa!
Para a esposa, a família e a sua ilha,
Faça chuva ou tempestade,
Não teme inimigo ou agrura,
Mas não nega a sensualidade,
É curioso – não resiste à aventura.

Afinal, se ficamos reféns,
O que no poema nos prende?
Qual seria o estratagema?
Viagem! Desejo! Curiosidade?
É o homem! Sim! Odisseu:
É nele que existe o dilema!

# A FORMA

Na voz de Zeus, líder dos deuses,
Há a frase condescendente sobre Poseidon:
"Abandonará sua cólera contra Odisseu!",
É curiosa a *Odisseia*! Há certa ambivalência!
Mais adiante, noutro Canto,
Poseidon o desautoriza – ou é só aparência?

Seria uma harmonização imperfeita
Das várias versões da história?
Seriam efeito do tempo as incoerências?
Há obras de grande esplendor,
Como o Quixote de Cervantes,
Também com vacilações do autor.

O leitor não tem ideia como são preciosas
As técnicas mnemônicas dos aedos e rapsodos
(E não produzem feiura ou engodo).
Encantam os "hexâmetros dactílicos"
Tão generosamente aplicados na *Odisseia,*
Eles fixam no cérebro os versos e as ideias.

E como funcionam os "dactílicos"
Para manter a obra inteira na memória!
Ao leitor, nesta parte, rogo clemência:
"Dáctilo"! Uma sílaba longa e duas breves!
"Espondeu"! Se prestarmos a atenção,
Duas sílabas longas em sequência!

Ao chegar quase desacordado e desnudo nas praias dos reis Feácios, Odisseu é resgatado pela princesa Nausícaa.

Pode-se considerar o seguinte:
Como base no "verso homérico":
"Dáctilo", cinco "dáctilos"
E, no sexto pé, um "espondeu"!
Não sei se pude me fazer claro
E se o leitor me entendeu.

No esquema acima ilustrado
Há a sequência de cinco "dáctilos"
E depois um "espondeu".
A parte previsível do "dactílico"
É o "espondeu" - duas breves!
Os "dáctilos" ficam como "Deus nos deu".

Em resumo então eu diria:
"Espondeu", em qualquer lugar do verso,
Raramente disperso na quinta posição,
O "dáctilo", o leitor preste a atenção:
Em todos os lugares do verso,
Exceto se for a sexta posição.

Há o Odisseu disfarçado de mendigo,
No palácio de Ítaca passados vinte anos,
Ninguém o reconhece - salvo o cão Argus.
O herói não quer ser visto naquela situação:
Argus o reconhece - um cão jamais esquece!
Ele o espera para morrer: que emoção!

Não é uma beleza a *Odisseia*?
Versos com vida, que falam ao coração!
Diz Italo Calvino, senhor dos livros,
Que os clássicos têm esse destino:
Descrevem sentimentos,
Verdades de séculos de civilização.

Odisseu, na tão longa viagem,
Enfrenta provações no caminho,
Choca a morte dos pretendentes ao trono,
Mas seu comportamento é mesquinho,
Para que o leitor empatize com a chacina,
Homero detalha o efeito daninho.

Durante a ausência de rei de Ítaca,
Os pretendentes da esposa Penélope
Instalam-se no palácio sem respeito.
Comem e bebem de graça, fazem pirraça,
Delapidam os bens da esposa e do filho,
Coisas que nenhum cidadão tem direito!

A *Odisseia* traz a pergunta bem séria:
A Ítaca da obra corresponde à de hoje?
Ela se situa no mar Jônico,
Odisseu explica ao rei Alcínoo,
Em Esquéria, num minúsculo arquipélago:
Mas os geógrafos são lacônicos.

Os especialistas dizem no dezenove:
A arqueologia busca alternativas para a ilha,
Uns propõem Paliki, na Cefalênia;
Outros, em Dulíquio, pedindo vênia aos gênios!
(Nas *Bucólicas,* Virgílio diz ser a Cefalênia)
*Na Odisseia*, seus habitantes são cefalênios!

Homero compunha versos usando a memória,
O alfabeto não foi a primeira escrita dos gregos,
Na História, no Bronze, cria-se um silabário,
No qual cada sinal corresponde a uma sílaba
E lembram palavras gregas de hoje no dicionário
(Odisseu deriva de *Odusseus*, no meu fichário).

E possui origem bem anterior: pré-helênica!
Com palavras do mundo semítico e oriental,
Há semelhanças nos versos da *Odisseia*!
Com palavras faladas e escritas,
De origem nos sumérios, acádicos e hititas,
Narrativas do Oriente Próximo e epopeias.

Há momentos em que Homero revela pendor,
Cria tempestades de deixar Odisseu exausto
E nu, na praia dos feácios.
Utiliza técnicas que prendem o leitor,
Árvores que dão fruto todo o ano!
Nausícaa tem com ele sonhos de amor.

Disfarçado de mendigo, Odisseu retorna a Ítaca e vai à casa de Eumeu, um de seus mais fiéis servidores e que criava porcos.

Pela tradição, Homero havia perdido a visão,
Levando à suspeição que Demódoco era o poeta.
A trama funciona, parece apropriada à situação,
Usando como pano de fundo a descrição
Das aventuras e mares (nos Cantos de nove a doze,
As histórias encantam o rei Alcínoo e a comissão),

A *Odisseia* é tudo menos realista:
Circe, uma feiticeira capaz de transformar
Os soldados de Odisseu em porcos?
A obra de Homero foge da realidade...
E a carne do gado que muge ao ser assada?
Seria crível ao leitor tamanha ambiguidade?

Outro episódio brinca com a imaginação:
No banquete ao desconhecido (Odisseu),
No palácio dos reis dos feacios, pais de Nausícaa
(Não pergunte a razão, pois não se justifica),
Demódoco com naturalidade – o leitor acredite,
Canta o adultério dos deuses Ares e Afrodite!

Causa igual estranheza ao fim da *Odisseia*
Que na matança de tanta gente no palácio
A criada Euricleia pareça estar contente!
Não é comportamento de pessoa decente!
Odisseu pede que ela se contenha:
Riso não rima com as mortes de pretendentes!

Uma das características da poesia homérica
É incluir epítetos nos nomes dos personagens,
Imagina-se que ajude a memorização:
Aquiles, de pés velozes! Heitor, domador de corcéis!
Filho de Laertes! Odisseu de mil ardis!
Homero usa epítetos de frase inteira na descrição!

Os epítetos podem ser exageros, inverdades,
Há uma passagem em que Homero reitera:
Odisseu e Aquiles são "saqueadores de cidades",
No grego: *ptoliporthos*, epíteto que na realidade
Vale mais para Aquiles do que Odisseu,
Ele tanto saqueou! Para ele, o epíteto é verdade!

Odisseu é o herói dos mil estratagemas,
Vagueou depois de ter destruído a sagrada Troia,
Enfrentou monstros com energia suprema,
Foi homem que viu cidades e assentamentos,
Conheceu costumes, padeceu mil tormentos,
Retornar a Ítaca resolve o seu teorema!

O périplo de Odisseu leva vinte anos!
Uma guerra brutal que dura uma década!
E o retorno para casa, outros dez anos!
São vinte anos de uma vida de cigano,
Para, por fim, retornar à sua terra natal,
Ele sai jovem de Ítaca e retorna veterano!

E as descrições dos eventos?
A narrativa parece moderna,
Homero quebra os pratos!
A obra é isenta de opiniões,
Ela fala conosco de frente:
É um prenúncio do teatro!

Homero não prioriza narrativas feitas
Somente de heróis mais famosos,
Que marcam lutas da terrível guerra,
Na sua epopeia dos mares o enredo desliza
Entre vidas comuns e circunstâncias,
Escravos! Criados! Pessoas simples da Terra!

A *Odisseia* é a superação dos perigos,
A luta pela sobrevivência do herói Odisseu,
E o esforço hercúleo para proteger seus amigos,
Soldados, marujos, formam uma família
Que deseja somente voltar para casa,
Reencontrar esposas e filhos na sua ilha,

Havia na corte de Ítaca a falsa ideia
De que Odisseu teria morrido na aventura,
Penélope tem de lidar com os pretendentes
Que se aproveitam da tal inverdade
E querem com ela contrair matrimônio,
Mas desejam de fato o seu patrimônio!

Penélope usa truques – livra-se dos meliantes,
O estratagema produz o desejado logro,
Enganando os pretendentes ao trono.
Finge que ela tecia
Um sudário para Laertes, seu sogro,
Mas à noite o tecido ela desfazia!

Telêmaco assume o controle do reinado,
Assiste aos abusos em Ítaca,
Os pretendentes comendo de graça,
Instalados como reis no palácio – desgraça!
Vê a mãe sofrer constrangimento,
Quer acabar com a arruaça,

É apropriado a este humilde escritor
Rogar às musas que protegem a arte,
Que esses versos cheguem vivos ao leitor
E penetrem nos seus corações,
Todos devem conhecer este magnífico épico,
Que fala da cobiça e do ceder às tentações,

Descrevendo a saga de um homem,
Não Aquiles, o maior herói da Grécia,
Tampouco alguém que em seu delírio
Queira tornar-se um deus,
Este não é Odisseu, o Ulisses dos romanos!
Um Malazartes que sonha voltar ao cotidiano!

Na casa de Eumeu, Odisseu encontra o seu filho Telêmaco, que não via desde criança. Os dois planejam a retomada do palácio de Ítaca.

Após a vitória dos deuses do Olimpo
Sobre os titãs, filhos de urano,
As divindades cantam a glória da poesia.
Rogo às musas que nos enfeiticem,
Com o prazer da leitura
E que a Odisseia nos prenda à aventura!

Zeus escolhe Mnemósine, deusa da memória,
Durante dez noites fazem amor,
A deusa dá à luz nove filhas no monte Olimpo,
Contam as lendas que um caçador as criou,
E depois da morte um deus as transportou
A um rosário – na constelação de Sagitário,

As musas cantam presente, passado e futuro,
Acompanhadas do som da lira de Apolo,
Para deleite das divindades, sentimento tão puro,
São ninfas dos rios e dos lagos.
Descem encostas com sons de afagos,
Sua música é natural – amor maduro,

Nos primórdios, as deusas das canções
Formam um lindo coro feminino,
Depois aprimoram atributos e funções,
Calíope – de bela voz – musa da eloquência
Jovem majestosa, na fronte a coroa de ouro,
Com tabuleta e buril na sua aparência.

Traz na cabeça grinaldas, nas mãos
Trombeta e a delicadeza um poema,
Homero menciona seu nome na *Ilíada*
E a torna guia na *Odisseia,*
Era amada de Apolo,
Virgílio, na *Eneida,* fez até prosopopeia.

Clio, musa da História,
De clarim e clepsidra,
Traz o livro e a trombeta!
Com seu globo terrestre,
É Profeta da História:
Vê o que há no planeta.

Euterpe é musa da poesia lírica,
Seu símbolo, a flauta, é sua invenção,
A testa é coroada de flores,
Partituras, oboés e tambores no cabresto,
Os deuses quiseram com ela exprimir
Músicas e letras de belo texto.

Tália! Musa da comédia, máscara cômica,
Carrega ramos de hera como relhos,
Segura um cajado de pastor,
Calça borzeguins quase aos joelhos,
E traz instrumento de soprar o vento,
Lembra um clarim na voz do cantor.

Melpômene! Musa da tragédia,
Máscara trágica, folhas de videira,
Conta uma história verdadeira,
Na mão, a maçã das Herpérides,
Ela é o oposto de Tália – compenetrada,
Vestida em trajes de primeira.

Terpsícore, da dança, rege o coro,
Carrega nos braços a cítara ou a lira,
Gosta das coroas de grinaldas,
Seu som suave respeita o decoro,
Teria sido dela o surgimento da sereia,
Nos mares, bela como noite de lua cheia.

Érato, musa do desejo,
Veste coroa de mirto e de rosas,
Numa das mãos a lira, na outra o arco.
Musa da prosa dos poetas e escritores,
Traz com ela uma criança,
Musa romântica, dos versos de amores.

Polímnia, musa dos sagrados cânticos,
Hinos e contações de histórias,
O dedo próximo aos lábios medita,
Exibe reflexão e ato franco,
Cobre-se com véu o seu flanco,
Veste-se sempre de branco.

Urânia, da astronomia,
Vem com globo e compasso,
Coroa de estrelas e veste azul-celeste!
Faz medições com maestria,
Mestre inconteste dos cálculos,
Faz dos astros apologia.

Qual a razão de evocar as musas
Em meio a este maravilhoso poema?
Eu rogo ao leitor que mergulhe no tema
Da mitologia – lá as musas têm primazia!
As musas para os pensadores antigos
São divindades da música e da poesia.

Sem perda da autonomia dos versos,
Estudiosos ao longo dos séculos,
Dividem a *Odisseia* em partes – não é o original.
É justo roubar a beleza para facilitar o ensino?
Coisa dos editores alexandrinos...
Século terceiro antes do Cristo – fica artificial!

O início da busca do pai é a Telemaquia,
A narrativa do ciclope é a Ciclopeia,
Néquia é Odisseu falando com as almas,
Apólogos, as aventuras com os feácios,
O massacre dos pretendentes é Mnesterofonia,
O resto é a já conhecida sinfonia.

Assediada por seus pretendentes, Penélope finge tecer um sudário para o sogro. Porém, é apenas uma artimanha para fazer passar o tempo.

Se o leitor pesquisar na inteligência artificial,
O "novo deus eletrônico", ele diz que a *Odisseia*
Divide-se em Telemaquia, Apólogos e Mnesterofonia:
A busca de Telêmaco pelo pai vem na frente!
As aventuras de Ulisses são sua companhia,
Depois é a vingança contra os pretendentes,

A tal inteligência que se diz "não natural"
Considera a *Odisseia* uma epopeia,
Poema de aventura, obra muito bacana,
Traz o fantástico para a literatura,
Questiona o significado do herói,
Celebrando a astúcia e resiliência humana,

Diz o tal cérebro artificial desumano:
A *Odisseia* é reflexão sobre limitações
E aspirações do ser humano,
Pilar da literatura ocidental,
Versos que obedecem ao "dactílico",
Sabe tudo essa IA com seu poder draconiano!

# O HOMEM

Odisseu não é divino,
Querem os deuses que
Seja o dono do seu destino
E pague por suas escolhas!
*Odisseia* é *Crime e castigo*,
Dostoiévski, novo em folha!

*Odisseia* é quase romance,
Proust – *Caminho de Guermantes*!
Homero é verso,
É Spielberg no cinema,
É *Comédia*, *Eneida* e Os *Lusíadas*:
Homero nelas submerso.

Sua universalidade é revelada
Na produção de outros autores.
*Odisseia* volta à palavra e ao verso,
Lugar-comum nos épicos subsequentes,
O início com os deuses do Olimpo,
Odisseu é Prometeu – fogo ardente.

Odisseu encontra a ninfa Calipso,
Ela prende-o por anos de sexo quente,
Atena diz a Hermes que vá à ilha
"*A fim de que a ninfa de bela cabeleira*
*Diga o plano seguro...*"
Para que Odisseu retorne à sua gente!

Mesmo disfarçado de mendigo, Odisseu é reconhecido por seu cão Argos, que morre de emoção ao reencontrar o seu antigo dono.

Ele é o herói de cada aventura,
O que dita qual será o caminho,
É o símbolo de um exército
E um soldado que luta sozinho,
Odisseu usa da força bruta
Mas cede e faz carinho,

Nosso Malazartes não hesita
Em provar o sabor da novidade
Que frente ao desconhecido,
Ao desafio e à sensualidade,
Ele jamais vacila
Em alimentar sua curiosidade!

Conhecer Telêmaco e sua mãe
Produz no leitor empatia.
Odisseu – ou Ulisses para os romanos,
É o herói grego da obra,
Famoso por seu talento
E raciocínio de sobra,

Ele tenta voltar para casa
Depois de derrotar os troianos,
Sofre a perseguição de Poseidon,
O grande deus dos mares,
Por ter cegado Polifemo,
Poseidon será na vida o seu demo!

Vêm daí as tempestades
E até os ciclones!
Dos trovões os seus trombones,
Os versos precisam memorização,
Cantados para as multidões,
Por isso contam com a marcação,

São vinte e quatro Cantos,
Frases longas e breves nos versos
Dão ao poema um ar de repetição,
Três imagens: do um ao quatro, a primeira,
Cuidados de Atena com o jovem Telêmaco,
A deusa precisa que evite fazer besteira!

Sua mãe, Penélope, é outro problema,
Sofre assédio dos pretendentes ao trono,
Odisseu na segunda imagem perde o sono,
Vive aventuras nos Cantos nove a doze,
Overdose de peripécias pelos mares,
Monstros e ninfas em todos os lugares.

Na terceira parte da obra,
Magistralmente juntados,
Mostrando talento de sobra,
Os Cantos do treze ao vinte e quatro
Trazem o herói Odisseu
Como um mendigo disfarçado.

Com o filho Telêmaco vinga a traição
Da qual fora vitimado:
Estas seriam de forma resumida
As três partes desta viagem,
Que se denomina *Odisseia,*
Com seus principais personagens.

Odisseu é na obra o ator principal,
Como um Malazartes,
Herói não convencional,
Se possível, foge da violência,
Porém, não resiste ao próprio desejo,
Embora exercite a resiliência,

Ele quer voltar para casa!
Ao menos é como eu penso,
Bastam dez anos de guerra!
E por que tão demorada viagem?
Qual seria a razão, o gatilho,
Não era hora de retornar à sua terra?

Para os reis gregos irem a Troia,
Levando exércitos e mil navios,
Destruir a cidade de enormes muralhas,
É preciso uma razão bem forte:
A promessa firmada entre reis,
O ataque a um é a todos de uma vez!

Ir à luta era uma questão pessoal
Para o irmão de Agamemnon, Menelau!
Aquiles – o grande herói e guerreiro
Nada tinha com aquela guerra
E Odisseu vivia tranquilo com Penélope
E Telêmaco, recém-nascido e o primeiro!

Em Ítaca, bela e pacífica ilha,
Odisseu não quis deixar a família
De louco se faz para não se unir à matilha.
A guerra era de Menelau, rei de Esparta,
Cuja esposa, Helena, por Páris fora raptada,
Príncipe troiano que a fez apaixonada.

Havia as razões da esperteza:
Poder, poder e poder!
Riqueza, riqueza e riqueza!
Troia negociava e ganhava dinheiro
Agamemnon, comandante dos gregos,
Acha de bom alvitre pôr o dedo no vespeiro!

A *Odisseia* descreve
O caminho de Odisseu após Troia,
Quando um misterioso vento (o pecado?)
Desvia o navio para outro lado,
E começa a aventura dos desejos,
Das tentações, desvarios, lampejos!

A *Odisseia*, metaforicamente,
Refere-se ao trajeto humano
Em busca da própria pessoa!
A obra possui vários planos,
As lutas do cotidiano
E as da intimidade ressoam.

A mitologia faz rima com a psicanálise,
Quem sabe, antecessora da arte,
Primeira tentativa de nossa parte
De ver a alma humana em sentido profundo,
As relações entre deuses e homens,
Qual seria o sentido do mundo?

Precursora das ciências,
A mitologia não se atém ao homem,
Mas aos céus e aos mares,
À natureza, animais e lugares,
Sem atrelar-se ao real e à ficção:
Ela repousa na verdadeira intuição.

Mitos são precursores das teorias,
Um desejo do homem representar
De forma simbólica o seu mundo,
Odisseu vive – e vive a observar,
Dar sentido ao inexplicável,
O desconhecido quer sempre o desafiar.

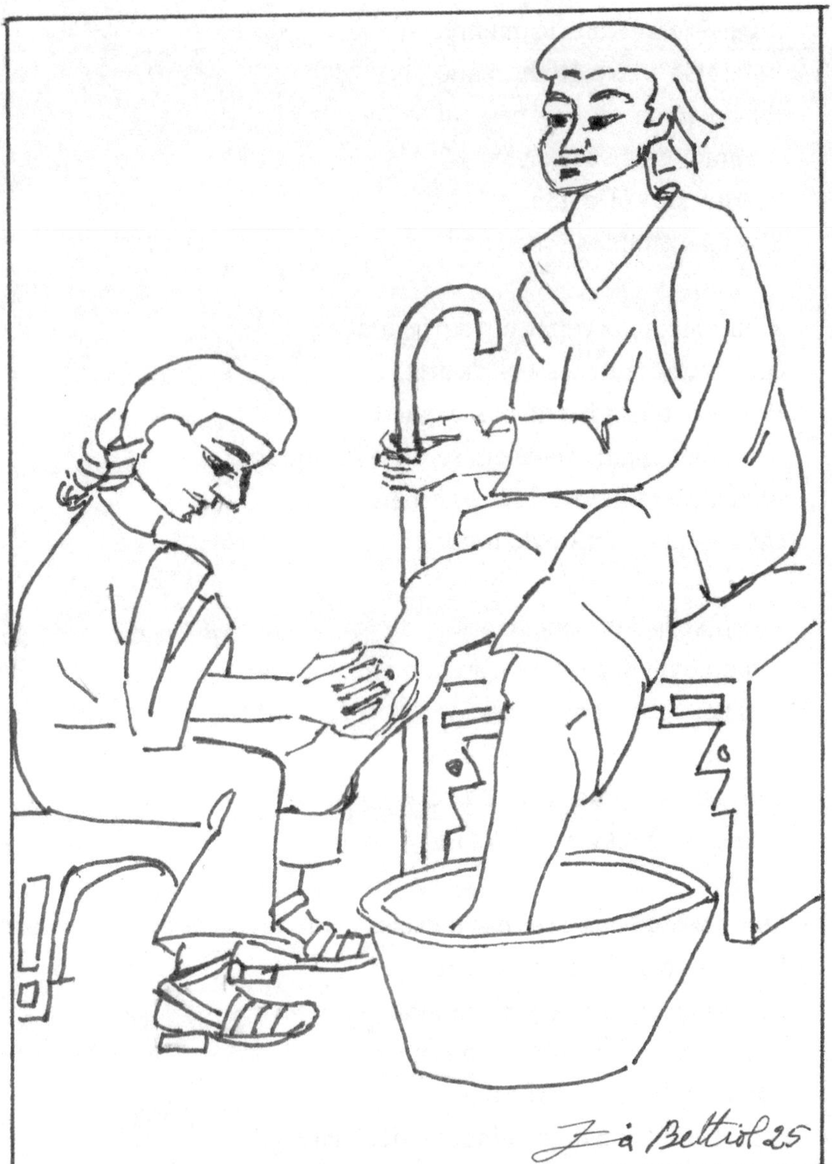

Ao lavar os pés de Odisseu, disfarçado de mendigo, a velha criada Euricleia o reconhece por uma cicatriz que ele tinha desde criança.

Homero inicia a *Odisseia*
Com o Concílio dos Deuses,
Invocando as musas em oração:
"Ó Musa, fala-me do solerte varão
Que, destruída a sagrada Troia,
Andou errante..." (e segue então).

Homero invoca a musa (a poesia),
Para que mantenha viva para ele
E para todos a história do homem,
Cujo coração sofre em agonia,
Buscando o caminho de casa
Onde reside a sua verdadeira alegria.

Homero escreve uma epopeia mítica
Numa linguagem poética rotunda,
Em que roga à Musa que a *Odisseia*
Deixe em nós marca profunda,
Seus versos chegarão ao homem do futuro,
Nos seus corações como bom auguro,

O embate contra os Ciclopes,
No passado aliados de seus inimigos,
Faz Odisseu reagir compulsivamente,
Aos soldados não faltavam da guerra presentes,
Homero ensina que a cobiça
Destrói o que vem pela frente.

Ao furar o olho de Polifemo,
Odisseu se torna "Ninguém",
Deve anular-se para escapar
(Atena vem sempre ajudar),
Mas a arrogância o faz gritar
Seu nome, em alto-mar,

Seus homens devoram flor de lótus,
O que os conduz ao esquecimento,
Esquecem até de si próprios!
Negam-se a seguir sua caminhada!
Alienados num mundo agradável,
Uma vida sem sentido e alucinada.

Em Éolo, um saco recheado de ventos
Faz a embarcação seguir seu rumo,
Quando os homens o abrem, sedentos,
Pensando conter dourados proventos,
Saem dele trovões e tempestades:
Praga de Homero contra os avarentos!

Na ilha de Circe, os quitutes
Transformam gente em bicho,
Hermes concede a poção milagrosa
Que protege Odisseu de tornar-se animal,
Ele fica com a bruxa por quase um ano...
Domando seus "bichos" no campo mental?

De onde teria Kafka
Buscado a inspiração
Para criar sua barata de estimação?
De Ovídio, nas *Metamorfoses*?
Penso que Kafka faz de Ovídio imitação,
Mas ambos, espero, bebem da Circe, de Homero!

Disfarçado de mendigo,
Odisseu segura seu ódio: aprende a contê-lo,
O herói inicia os seus planos:
Eliminar os algozes com a ajuda do filho,
E usa a inteligência para vencê-los,
Assim, a vingança acontece com mais brilho.

Peço desculpas ao estimado leitor
Por introduzir nestes últimos versos
O olhar psicanalítico sobre o autor,
Homero na *Odisseia* usa o recurso
Da metáfora – arma contida na poesia,
Que dá ao pensamento outro percurso,

Ao refletir por mais tempo
E com a devida serenidade,
O leitor descobre que as aventuras
Narradas na obra de Homero,
Por trás de um sentido banal e aparente,
Geram em nós certa ambiguidade,

Ao enfrentar monstros dos mares,
Ninfas que o seduzem,
Riquezas que lhe despertam a tentação,
Odisseu sente de perto
Os acenos do prazer fácil,
Mas também os perigos da sedução,

No dia a dia da vida,
As coisas que valem a pena,
Que nos trazem felicidade
E de um modo permanente,
Estão dentro da gente:
Amor, gentileza, bondade!

# A FLOR DO LÁCIO

No Brasil, há traduções do grego,
Odorico Mendes inicia no dezenove,
Publica em mil novecentos e vinte e oito,
Emprega decassílabo e menos versos,
Entre aspectos que me deixam afoito:
No latim, Deus é Júpiter e não Zeus!

Tradução reeditada da Ars Poetica,
Universidade de São Paulo ("Texto e Arte"),
Notas e prefácio à parte,
Antônio Medina Rodrigues, depois,
No quarenta, eu gostei só em parte,
Tradução difícil até em Marte!

Tradução da editora Atena,
Texto revisado pelo tradutor,
Que publica em outras editoras,
Quando a Ediouro entra em cena,
Reis Pinheiros assume a dianteira,
Sem a métrica e edição da Nova Fronteira,

Em Portugal, dois mil e três, a Cotovia:
Frederico Lourenço, com literalidade,
Dá primazia à fluência e não à sonoridade,
Esquece o "dactílico" e a rima!
Ganha o PEN Português (sucesso, sim!)
No Brasil, dois mil e onze, pela Penguin!

Na competição de arco e flecha entre os pretendentes ao trono, Odisseu disfarçado de mendigo revela a sua grande habilidade, vencendo os seus oponentes.

No Rio Grande orgulhoso
Dos seus craques da tradução,
Donaldo Schüler traduz a *Odisseia,*
Iluminador da arte! Vagalume!
Da L&PM, em versos, coloquial,
No ano dois mil e sete – em três volumes!

Eis o que consta do proêmio:
"O homem canta-me, ó Musa, multifacetado
Que males padece depois de Troia,
Viu cidades, costumes de muitos mortais.
No mar, dores feriram o coração,
Empenhado em salvar", versos geniais!

Dois mil e onze, Vieira em seguros
Passos de Haroldo de Campos,
Publica a tradução da *Odisseia,*
Com o poema em seus sons mais puros,
Usa o dodecassílabo, lexical,
Vence o Jabuti, por fidelidade ao original.

Pela Cosac Naify, Werner publica,
Em dois mil e catorze,
Verso livre o tradutor adota,
Clareza, fluência e poeticidade,
A bela tradução denota
E reproduz do poema a oralidade,

"Do varão me narra, Musa,
Do muitas-vias, que vagou devastas
A sacra cidade de Troia, viu urbes
E a mente conheceu, aflições sofreu no mar,
Em seu ânimo, garantir sua vida
E a dos companheiros..." (como um cantar!)

Volto a insistir com o leitor,
Literatura é uma forma de amor!
A *Odisseia* é um poema épico,
Escrito por Homero ou por outro,
O autor em si não tem valia,
Não importa a autoria!

Alimentar o imaginário
É dar valor à utopia!
Sentir o verso como um beijo,
No atribulado percurso,
Odisseu enfrenta percalços
Alimentado pelo humano desejo.

# CODA

Primeiras na literatura ocidental,
A *Ilíada* e a *Odisseia* iniciam o cânone
Literário da nossa civilização,
Homero, grande autor da Grécia Antiga,
Dá guarida aos aedos
No recitar das novas cantigas.

*A Odisseia* é aventura,
História de amor paterno e de marido,
E do amor filial e de mulher,
Pensam os pretendentes ao trono:
Teria morrido o rei de Ítaca em Troia?
Deve-se eleger outro patrono?

Atena diz a Zeus:
Mudemos o destino de Odisseu!
Com Poseidon, deus dos mares, ausente,
A deusa faz uma visita cordial,
Manda Telêmaco procurar pelo pai
E vai com ele à Grécia continental.

Telêmaco é recebido por Nestor,
Retornado de Troia, ao seu lar,
Telêmaco não pode pestanejar,
Deve o pai procurar!
Em Esparta com o filho de Nestor,
Menelau diz: "É certo que Odisseu vai voltar!

Odisseu, Telêmaco e seus aliados fazem uma emboscada e assassinam os pretendentes ao trono de Ítaca, depois de deixá-los trancados no salão do palácio.

Odisseu ouve que Agamemnon,
Rei de Micenas e líder na guerra,
Depois do retorno ao seu lar,
É morto por Clitemnestra e seu amante,
Odisseu escuta as queixas dos mortos,
Vê a sua mãe e sente a alma chorar.

Na *Odisseia,* Odisseu no cativeiro
Com Calipso, tem sete anos de delícias,
E quem recusaria da ninfa tanta carícia?
Os deuses querem mandá-lo para casa,
Calipso obedece ao enviado de Zeus,
Poseidon não sabe ainda da notícia!

Perdido, Odisseu nada até a Esquéria,
Exausto, ele nas folhas adormece,
Desperta diante de Nausícaa
Que por ele se enternece,
A princesa pede ajuda aos seus pais,
Os reis Aretê e Alcínoo lhe obedecem!

Penélope não desiste,
Faz do sudário uma artimanha,
O retorno do marido é seu intento,
De dia aumenta o tecido
E à noite o desemaranha,
Demonstra bom comportamento.

Homero exalta o espírito de Penélope,
Assediada pelos pretendentes:
"Ítaca precisa de um rei!",
De uma nova dinastia na ilha!
Se ela a eles cedesse,
Perderia esposo, reino e a família.

Homero ou quem quer que ele seja,
Usa a navegação em alusão
À circunstância da mitologia,
Metáfora da exaltação
Do herói-homem daqueles dias,
Que na adversidade faz reação.

Em cada capítulo da epopeia
Os desafios são enfrentados!
Para retornar a casa, vence obstáculos
Sem perder a esperança na sua odisseia!
É a metáfora da vida humana:
Da nossa luta cotidiana.

Homero exalta o espírito combativo
Daqueles que, na adversidade,
Nunca desistem: a regra é acreditar!
Na ilha dos Lotófagos,
Alimentam-se da flor secreta
E todos passam a alucinar!

Embriagados na falsa realidade
Os soldados vivem a ilusão
De ter garantida a felicidade,
A fantasia nos faz fugir da verdade:
Não queriam mais voltar para casa,
Presos na própria imaginação.

O herói arrasta-os aos barcos,
Quando o efeito da flor arrefece,
Eles percebem o que é ser aprisionado
Pelas próprias fantasias,
Homero é sábio neste episódio,
Ilusão é como uma falsa poesia.

A vida se resolve com amor,
As dificuldades e tempestades
Existem para aprender as verdades,
As ilusões afastam a felicidade,
O universo paralelo da flor
Muda o rumo correto do navegador.

As fábulas têm valor,
É de bom alvitre reconhecer o limite,
Pois há um momento
Em que se perde a alegria,
É bom ficar atento ao falso palpite,
Bom vento é buscar a harmonia.

Sobre o preço da cobiça,
Há o episódio dos soldados
Protegidos pelo deus dos ventos,
Que mete tempestades num saco,
Mas os marinheiros pensam
Que Odisseu no fundo é avarento.

Haveria no saco um tesouro?
Pedras preciosas ou ouro?
Eles abrem o saco para roubá-lo
E para surpresa da tripulação,
Escapam dele ventos e tempestades
Que fazem retornar a embarcação.

Odisseu vê Ítaca no horizonte,
Pede a Éolo de novo ajuda,
O Deus responde que não!
Odisseu segue viagem,
Mal sabe que numa falsa direção:
E chega à ilha do canibal Lestrigão.

A força divina
Aparece em Circe, a feiticeira,
Filha do Sol e da ninfa,
Resta a Odisseu só um navio,
Ele observa um palácio na mata,
Euríloco vai ver do que se trata.

No palácio, são rodeados por feras,
Que foram humanos no passado,
Depois por Circe desumanizados!
A bruxa os transforma em porco,
Tigre, lobo e leão,
Com sua varinha de condão.

Circe convida-os a entrar,
Os soldados acham que é boa educação,
Exceto Euríloco: que vê a má intenção,
A feiticeira serve-lhes comida e bebida
De repente: usa a varinha com a mão.

A magia transforma todos em porcos,
Cabeça, corpo, voz e focinho!
Menos um, que age com prudência,
Euríloco volta ao navio,
Para contar a Odisseu
Que o escuta com paciência.

Ele vai ao palácio, um jovem se aproxima,
Com doçura, revela saber da aventura,
É deus Hermes que alerta sobre o perigo,
Hermes lhe dá a planta "Móli",
Resistente a bruxarias de qualquer modalidade
E Odisseu protege seus homens com lealdade!

Circe recebe-o, alegremente,
Obsequia-o com o mesmo ingrediente
Que ela dera aos demais,
Odisseu bebe-o tranquilamente,
“Soldados no chiqueiro!”, diz a bruxa com violência,
Nosso herói puxa a espada e ela pede clemência!

Odisseu quer reverter a metamorfose
Com rapidez e eficiência
(Kafka apreciaria sua veemência!)
A feiticeira promete deixá-los a salvo,
Após distraí-los fartamente
E com enorme competência.

Circe se encanta com Odisseu,
O herói torna-se então amante seu,
Desfruta de seu leito, banquetes que prometeu,
Mas o herói recebe dela instruções
Sobre como nos mares sobreviver,
Diz também aos soldados o que fazer...

O leitor lembra do “canto das sereias”,
O poder sobre quem as escutasse?
Circe manda por cera nos ouvidos dos marinheiros!
“Amarrem Odisseu ao mastro, companheiros!”
São histórias a título de orientação
Sobre os riscos da vaidade e da tentação.

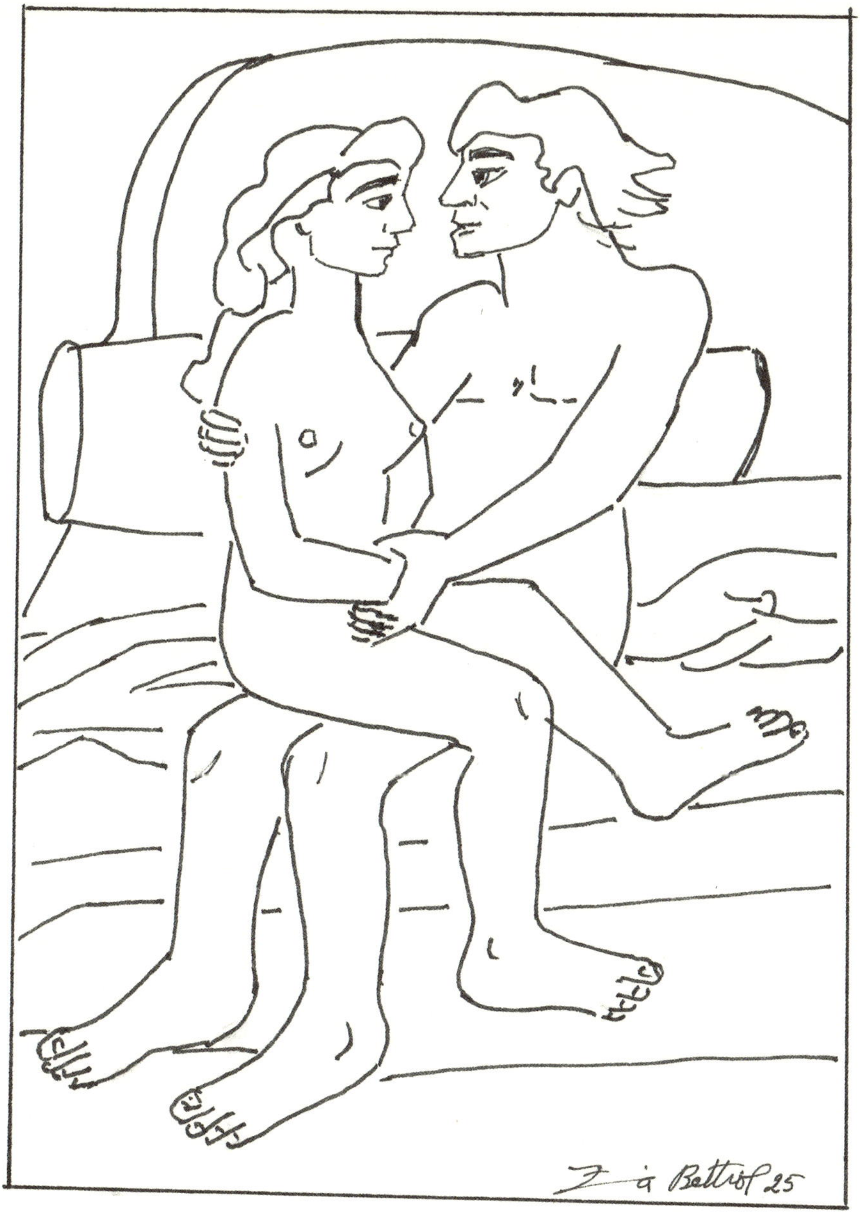

Vencida a luta, Odisseu revela a sua identidade verdadeira à sua esposa Penélope e os dois vão para a intimidade dos seus aposentos.

Cila e Caribde, monstros marinhos,
Soldados devorados por Cila,
De seis cabeças e doze tentáculos de horrores,
Deixam Odisseu sem navio e sozinho,
Caribde engole barcos e marujos sofredores!
A natureza ferida é um algoz dos mais daninhos!

Quando Telêmaco busca seu pai,
O encontro na casa de Eumeu,
Um simples porqueiro, hospitaleiro
E fiel criado de Odisseu,
Mostra a lealdade, o sentimento mais nobre!
Hábito da virtude – pode ser de rico ou pobre.

A *Odisseia* leva o leitor à exaustão
Com os assuntos do coração,
Odisseu visita Laertes, seu velho pai,
Revela-se a nobreza, o exercício da devoção,
O velho não poderia imaginar:
Era seu filho entre as flores e o pomar!

Os descontentes perseguem Odisseu
E Telêmaco por matarem os pretendentes,
Surge o risco de novo enfrentamento!
O primeiro a defendê-los é Laertes!
Ele mata o líder do grupo oposto,
Atena intervém: não quer nada mais sangrento!

A *Odisseia* nos diz neste momento:
Os deuses não querem desentendimento,
Zeus e o Olimpo encerram o conflito,
Que todos em Ítaca esqueçam o atrito!
E a paz será selada com sabedoria,
Assim, Odisseu reinará em harmonia.

O traço de Odisseu é a *métis* – a esperteza.
Usa seus ardis dos mais variados matizes,
Na aparência, o disfarce de mendigo,
Na palavra, ao dizer "*Oútis*" – "Ninguém!",
Com Polifemo tornam-se úteis e nobres...
Seu defeito é a soberba – a velha "húbris".

Ao revelar bem de longe, no navio,
Que "meu nome não é Ninguém!"
Veja o leitor quanta exibição...
Vale a resposta dura dos ciclopes!
Jogam meia montanha contra a embarcação,
E Poseidon vai infernizar a navegação.

Ninguém é perfeito (o leitor perdoará),
Deixei de fora da epopeia
Os nomes de alguns heróis em Troia,
"Hexâmetros dactílicos" inteiros!
E outros feitos quaisquer,
Harpia, metade pássaro, metade mulher!

Um grupo de revoltosos, descontentes com o retorno
de Odisseu, tentam, sem sucesso, recuperar o controle de Ítaca.

A *Odisseia* narra com beleza
Viajantes e lugares fantásticos,
Mas é Odisseu quem nos encanta!
Ele é mortal, sem tanta força ou beleza,
Não é Aquiles, afamado na luta,
Mas possui sabedoria na disputa,

A retórica, o espírito criador e inquisitivo,
Desprovido de poderes divinos ou força superior,
O herói cria sempre soluções - é persuasivo!
Sua história se resume na superação,
Odisseu não desiste de nada!
Busca sempre uma solução!

Na *Odisseia,* é impossível
Não torcer por Odisseu:
O leitor o admira!
Sua desenvoltura encanta o leitor!
Não abandona jamais um soldado!
Seu caráter é deveras é elevado.

Na versão mais antiga da *Odisseia,*
A palavra que inicia a obra é "homem"!
"*Anthropos*"! Odisseu é a humanidade!
Calipso lhe oferece a eternidade - ele recusa!
Mira com o coração do navio a sua quilha:
Quer viver e morrer ao lado da família.

Odisseu é uma figura
Como aqueles que em nossa cultura
Desejam uma vida feliz na forma mais pura,
Possui seus defeitos e falha muitas vezes,
Mas sobrevive pelo esforço e humildade
Na superação dos reveses!

Como na *Ilíada* e até nossos dias,
A *Odisseia* tem valor incalculável!
Revela o peso da palavra dada,
Modos de vida da Grécia Antiga,
Honra, coragem, lealdade inabalável,
A hospitalidade é respeitada.

Odisseu representa o bem,
Os pretendentes, o mal!
O herói deve encontrar uma forma
De punir aqueles que erram,
Fazer justiça não no Olimpo,
Entre os humanos, aqui na Terra!

É a sua humanidade,
O lidar com as as dificuldades,
Que o fazem – por fim – voltar a Ítaca,
Para o amor da esposa e da família,
Derrotando os traidores do reino
E restituindo o controle da ilha.

Na mitologia grega e romana,
Odisseu é muito mais que personagem,
Mais além da *Ilíada* e da *Odisseia*,
É um dos mais ardilosos guerreiros,
Inventor do "cavalo de Troia"!
Mas no fundo um homem caseiro.

É um ser humano arteiro,
Como o nosso Pedro Malazartes!
Filho de Laerte e Anticleia,
O velho, filho de Arcésio; a mãe, de Autólico,
Este último, acredite o leitor ou não,
Era um famoso ladrão!

Quando Tíndaro fica sabendo
Dos tantos pretendentes de Helena,
Do mundo a filha mais bela,
Fez com que todos jurassem
Defender-se em qualquer circunstância,
Cuidando dele e da linda donzela!

Depois de armar esse pacto valioso,
Tíndaro oferece Helena em matrimônio
A Menelau – irmão de Agamemnon,
Belicoso e poderoso comandante na guerra,
Irmão do rei de Esparta, razão tão farta
Para ele casar seu jasmim-da-terra!

Tíndaro faz também muito gosto
De convencer seu irmão Icário
A conceder a mão da sua filha Penélope
A Odisseu – personagem lendário!
Veja o leitor tudo o que foi necessário:
Na política, nenhum evento é solitário.

Vem daí uma amizade que cresceu,
Entre Menelau, seu irmão Agamemnon
E o nosso herói, Odisseu.
Da união com Penélope, nasce Telêmaco,
Filho querido que Troia o privaria de ver,
Bem maior que essa vida lhe deu.

Quando Agamemnon chama Odisseu
Para se unir aos exércitos contra Príamo,
Rei de Troia e pai de Páris, raptor de Helena,
Ele finge uma loucura obscena –
Para ficar com Penélope e sua joia pequena,
Ameaçado Telêmaco, só lhe resta se unir à faena,

Assim, Odisseu vai à luta ladeando
Os reis gregos em Troia,
Entre os reis é dos mais atuantes,
Aportam nas muralhas com pressão de jiboia!
Mais de mil navios que se abrem
Nas praias troianas como luz na claraboia.

Com sua astúcia e prudência,
Odisseu logo assume um papel,
Eu diria, preponderante!
Não seria casualidade
Virem logo à superfície
Seus talentos e qualidades.

Odisseu é o retrato que faz Homero
Sobre as virtudes
Que certos homens reúnem,
Não os homens comuns,
Mas aqueles cuja nobreza e talentos
Num só corpo se unem.

Contudo, Odisseu é ao mesmo tempo
Fraqueza, desejo e curiosidade,
A serpente que acorda Eva
No paraíso da Bíblia Sagrada,
É o diabo! O fogo de Prometeu!
A tal curiosidade que Deus nos deu.

Na *Odisseia*, Homero cria um personagem
Cuja conduta nos faz refletir
Sobre a moral que guia o ser humano,
Na construção íntima de cada pessoa,
A virtude é o princípio das ações,
Um balizador de como viver uma vida boa.

A deusa Atena intercede em favor de Odisseu, como representante de Zeus e dos deuses do Olimpo, dando fim à disputa e declarando que ele era o verdadeiro rei de Ítaca.

Se a virtude nos leva a agir corretamente,
Em benefício das nossas relações,
E daqueles impactados por nossas ações,
A boa ação só é boa se ajudar nossa irmandade,
Se vier acoplada ao controle da nossa maldade,
De nossos desejos egoístas, em prol da sociedade.

Para os filósofos que estudam a virtude,
Seriam bem recebidas a benevolência,
A justiça, bondade, sinceridade e paciência,
Para que se atue com responsabilidade,
(Contam aí até mesmo a pontualidade,
O nosso otimismo e a assiduidade!)

Veja o leitor como Odisseu tem isso de sobra,
Se mergulharmos no texto da *Odisseia,*
Tantas vezes ele se desdobra - com paciência,
Fazendo bom uso da resiliência,
Do respeito e da sabedoria,
E da sua incomparável inteligência.

Há na obra um bom espaço
Para aprender sobre a modéstia,
Odisseu paga um alto preço
Quando deixa de lado a prudência,
Entregando-se à autoconfiança,
Entretanto, salva-o sempre a perseverança!

Ele quer voltar para casa!
Sobrevive do brilho do pôr do sol,
Lágrimas por Ítaca, Penélope e o filho,
Ao desfrutar do corpo de Calipso,
Por vezes, o homem não vê o certo,
Sombreia o desejo, tornando-o eclipso.

O homem Odisseu é virtuoso e tem desapego
Aos bens materiais mais sedutores,
Vale mais a honra do que os amores!
Mas ele entende o que move seus homens,
Cegos na busca da riqueza
E da comida que, felizes, eles comem.

O herói faz sempre uso da destreza
E protege seus soldados com empatia,
Até quando eles desobedecem e abrem o saco
Contendo ventos, pensando ser ouro,
Odisseu os entende, mantendo a disciplina,
Estabilidade é virtude, exercício da simpatia!

Como leitores, Homero nos desafia
A agir como faz Odisseu na *Odisseia,*
Respeitando o guia da virtude,
Mas aceitando mesclar o difícil talude
Com a nossa frágil natureza humana,
Para a qual só o amor é panaceia!

Humildade, como é bela a humildade!
Pense o leitor nas virtudes dos cristãos,
Da fé, da esperança e da caridade,
Não será importante ao homem
Reconhecer os seus próprios limites,
E não cobrar de si tanta integridade?

Dentre as virtudes humanas,
E a lista é imensa e inclui criatividade,
Há também a perspicácia e a sensatez,
Mas também a generosidade, altruísmo,
Solidariedade, maturidade e comedimento,
Além da fraternidade e companheirismo.

Ao narrar o desespero de Odisseu,
Quando Homero mostra os assassinatos
De seus companheiros nas goelas de Cila,
Nos turbilhões de Caribde em que o horror rutila,
Nota-se o profundo sofrimento, sua alma sibila!
Nem todo o ouro do mundo serviria de alento.

A *Odisseia* é uma trama
Na qual – ao contrário da *Ilíada* –
Há um lado certo e que tem razão,
Cento e oito pretendentes ao trono
Representam a parte errada,
Em Odisseu nada há em seu desabono.

Ele é o herói humano,
Que precisa encontrar a maneira
De reconquistar – não pela força!
Mas pela inteligência e parcimônia,
O controle de seu reino,
Salvar a família da terrível insônia!

Veja o leitor mais atento
Que lição Homero nos dá!
De buscar na vida soluções
Que não dependam da força,
Isso é coisa para os animais,
Usemos a inteligência e não as emoções.

Para vencer os pretendentes,
Odisseu arquiteta um plano
Com a ajuda do seu filho,
Disfarçado de mendigo,
Desarma os bandidos com sutileza,
Para atacá-lo depois de surpresa.

Não seria essa a qualidade
Que identifica um ser humano?
Afinal, não possuímos garras,
Tampouco dentes pontudos,
O que nos distingue no mundo
São ideias! Pensamentos agudos!

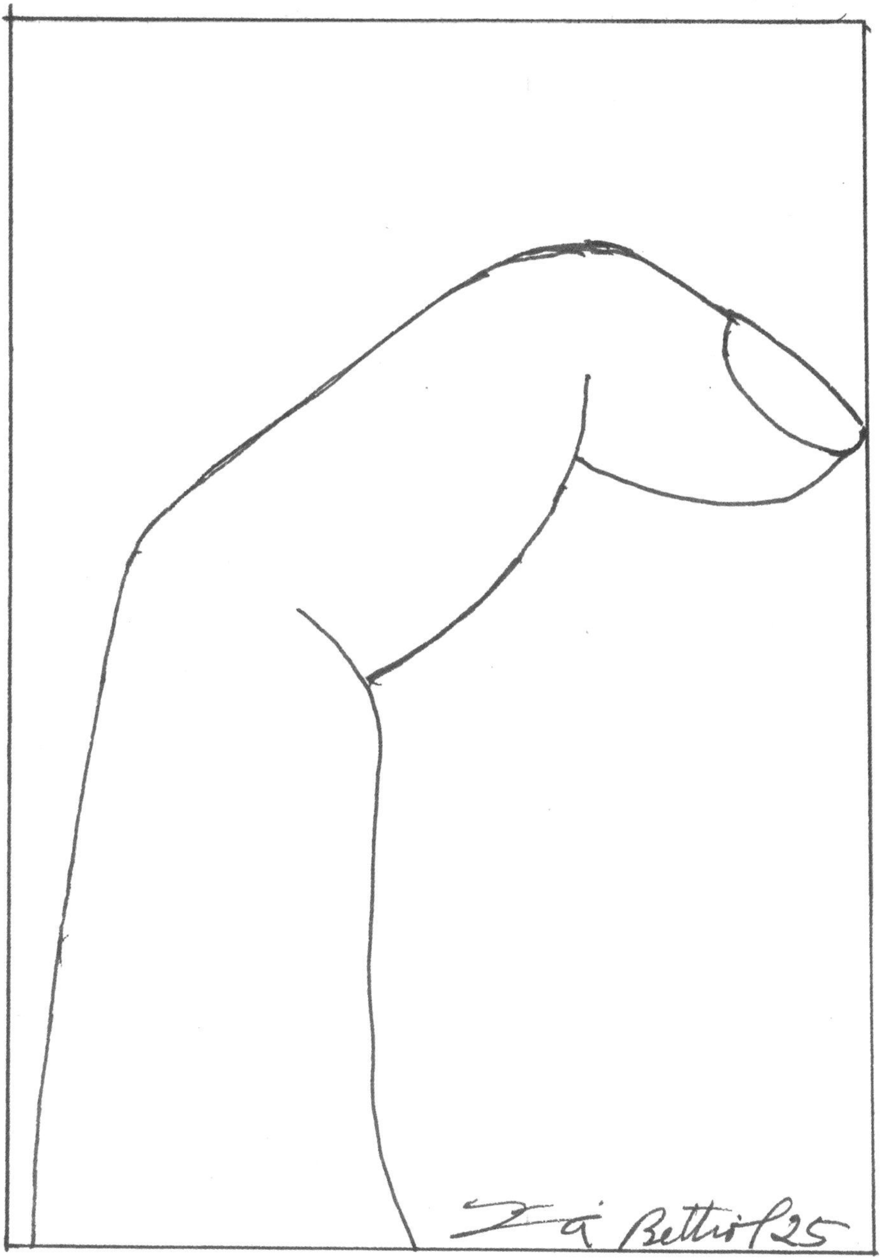

O “hexâmetro dactílico” é um tipo de verso utilizado por Homero na “Ilíada” e na “Odisseia”, contendo estrofes de seis linhas. É assim denominado pelo seu modo de recitar, cujo ritmo lembra os ossinhos dos dedos das mãos - um longo, seguido de dois curtos,

Na vida de um ser humano,
Há que se perseguir a virtude,
Mas ao mesmo tempo reconhecer
Que nós temos limitações,
Não conseguimos obedecer a tudo,
Muitas vezes nos vencem as emoções.

Nós somos seres humanos!
Mesmo sabendo o que é certo,
O acaso ou a circunstância,
Facilita – encurta a distância,
E somos vítimas da fraqueza,
Do oportunismo e da ganância.

Concluo, lembrando ao leitor
Que o homem, na natureza,
É de todos a inteligência superior,
Homero nos ensina na *Odisseia*
Que nossa astúcia facilita – tem valor –,
Mas a felicidade... essa só se alcança com amor!

P.S.:
Em dois mil e dezoito depois do Cristo,
Arqueólogos encontram no Peloponeso,
Da *Odisseia* um manuscrito de peso,
Para espanto, treze versos! Décimo quinto Canto!
A argila menciona a grandeza do criado Eumeu.
Diz o fragmento: "É amigo e protetor de Odisseu!"

# Trajeto de Odisseu de retorno a Ítaca após o fim da Guerra de Tróia

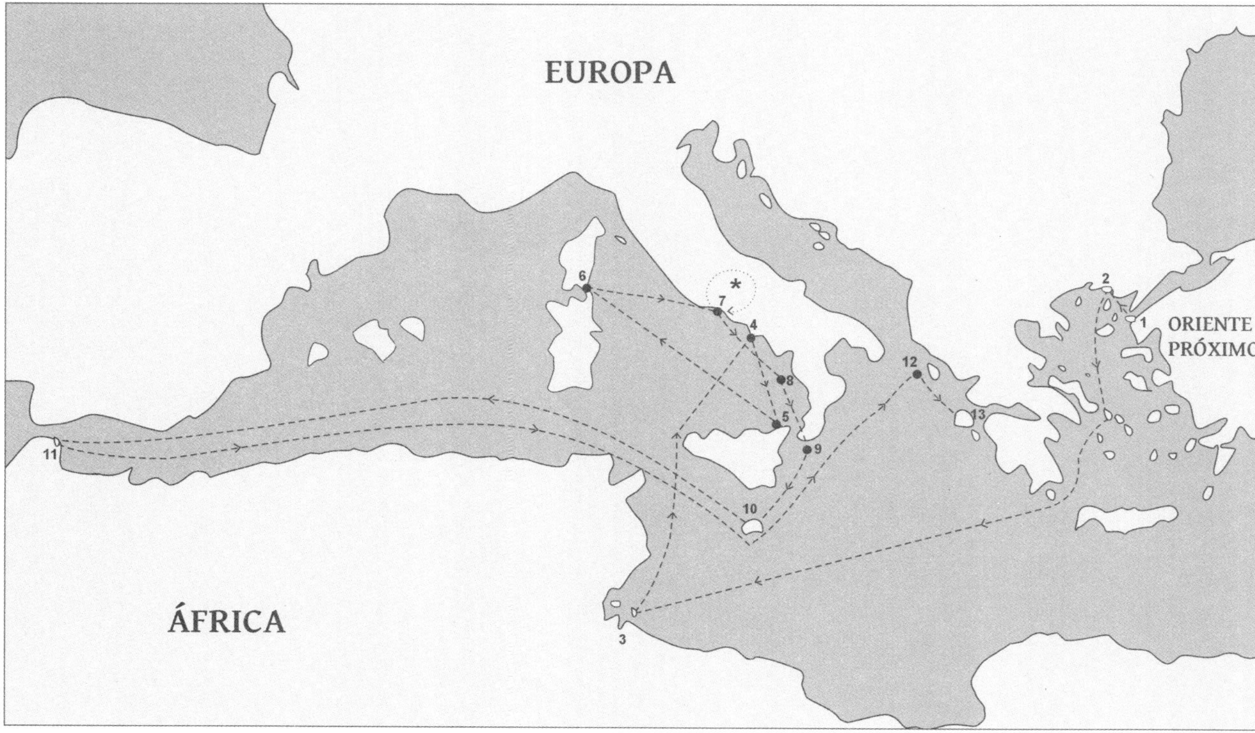


1 - Tróia
2 - Terra dos Cícones
3 - Ilha dos Lotófagos
4 - Terra dos Ciclopes
5 - Ilha do Deus Éolo
6 - Terra dos Lestrígones
7 - Ilha de Circe
* - Submundo de Hades sem representação geográfica definida
8 - Ilha das Sereias
9 - Estreito de Messina (região de Cila e de Caribde)
10 - Terra de Hélios
11 - Ilha de Calipso
12 - Terra de Feácios
13 - Reino de Itaca

FIM

Este livro foi confeccionado especialmente para a
Editora Meridional Ltda.,
em Gentium Basic, 11,5/16 e
impresso na Gráfica Ideograf.